白先勇
劉再復

紅樓夢對話錄

白先勇
劉再復
著

中華書局

清代畫家改琦於《紅樓夢圖詠》
中所繪的通靈寶石與絳珠仙草。

上世紀九十年代劉再復（下排右一）一家跟
白先勇（下排左二）的合照。

白先勇（左）重文本細讀，劉再復（右）重文心感悟。
（上：許培鴻攝　下：曹光攝）

「對話《紅樓夢》」講座現場
（許培鴻攝）

出版說明

一、 二〇一九年三月二十一日,著名作家白先勇與著名學者劉
　　 再復獲邀於香港科技大學學術大樓花旗銀行演講廳,就閱
　　 讀《紅樓夢》的體悟展開對話。當日對談內容由喬敏小姐記
　　 錄及整理,成為本書的第一輯,這次對談可作為認識白先
　　 勇與劉再復二人理解《紅樓夢》的入門綱要。此外,本書亦
　　 分別輯錄了二人過往就《紅樓夢》發表過的具代表性的講演
　　 和文章,成為本書的第二及第三輯,補充對談尚未論及的
　　 分析。當中刪去一些重複的部分,讓讀者能全面而輕鬆地
　　 掌握二人對《紅樓夢》看法的異同,有助於讀者深入了解這
　　 本經典的文學價值和精神內涵。

二、 第二、三輯除了白先勇的〈賈寶玉的大紅斗篷與林黛玉的
　　 染淚手帕 ——《紅樓夢》後四十回的悲劇力量〉一篇保留原
　　 有分題之外,其餘篇章按內容、長度分節,方便讀者閱讀。

中華書局編輯部

目　錄

劉再復

序

與白先勇對話《紅樓夢》

我本就喜歡讀白先勇先生的小說，他的代表作《台北人》是我最喜愛的中國作品之一。我多次對學生說，《台北人》文字潔淨，可以作為典範文本，多次閱讀。

　　出國後我與白先勇又有通訊聯繫，他給我寄來《遊園驚夢》、《玉卿嫂》、《金大班的最後一夜》等錄像帶，我和妻子陳菲亞都認真看了。他喜歡聽我講述大陸文化大革命的故事，聽到跳忠字舞的情節時，他哈哈大笑，連說「中國人真聽話」。他還給我寫信說：「你的散文可謂『興滅繼絕』。」讀了他的信，我想起張載的名言，寫作正是要「為天地立心，為生民立命，為往聖繼絕學，為萬世開太平」。可以說，我和先勇兄早已心靈相通。二〇〇五年，我到中央大學擔任客座教授，其間，他也到那裏講述崑劇《牡丹亭》。在課堂裏相逢，他在講台上，看到我端坐在下面，立即停止講述，說：「再復老師也看過《牡丹亭》（我和菲亞在台北觀賞了兩個晚上，同校長及夫人一起觀看，白先勇也在場），我們先聽聽他的評價。」我應邀走上講台，把「興滅繼絕」四個字還給先勇兄，我說，崑曲是中國傳統藝術的精品，但面臨滅絕，白老師做的正是「興滅繼絕」的大事。

　　一九九二年春天，我寄寓的科羅拉多大學舉辦「台灣文學討論會」，出席的有齊邦媛、白先勇、劉紹銘、李歐梵、鄭樹森、王德威、葛浩文等名教授。我在會上作了一席發言，引述魯迅的判斷，說中國發生了一場大革命。革命前果然出現「怒吼文學」，革命後果然出現「謳歌文學」與「輓歌文學」。我說，大陸文學一片謳歌，從郭沫若到臧克家、從賀敬之到楊沫，全是謳歌文學，價值不高。倒是台灣文學屬輓歌文學，很有價值，而其代表

作，就是白先勇的《台北人》。我還講了《台北人》的文學價值表現在什麼地方。沒想到，我發言之後，齊邦媛教授（當時她的代表作《巨流河》尚未出版）立即表示不同意我的看法。她說，我們還在，沒有死，怎能算輓歌文學？當時白先勇未表態，但會後對我說，「我想請您一家吃飯，餐館您定。」我很高興並立即答應。於是，第二天傍晚我們就在台灣人開設的「蘭亭」餐館聚會，我家都出席，小梅、小蓮和她們的媽媽都很高興。餐館老闆聽我說是白先勇請客，不敢相信，確認之後驚叫起來，真是白先勇！彷彿天神突降，老闆亢奮不已。白先勇說了「我是白先勇」之後他更是跳了起來，叫得更大聲，而且立即打電話給他在台北的姐姐，連說「你猜，誰到我們這裏吃飯了！白先勇！白先勇！」向姐姐報告後老闆平靜了一些。那天，我們吃到科羅拉多州最好的飯菜。餐桌上，先勇兄誠摯地說，此次我遠行，到這裏主要是想看看您。在波德（Boulder）相逢之後，我們的友情加深了。

　　我與先勇兄真是有緣。沒想到，香港科技大學人文學部又讓我和白先勇對話《紅樓夢》。學部主任唐立（Christian Daniels）和我商量時，我痛快地答應了。因為我心中有數，即有三件事早已為我作了鋪墊：（一）在這之前，我為九州出版社和《環球人物》雜誌社出版的程乙本新版《紅樓夢》作序。序文先在《上海文學》上刊登，白先勇看到了，便說「寫得好」。此篇序文的基本觀點與先勇兄的紅學理念正好相通。（二）一年之前，著名的誠品書店曾邀請我和白先生就《紅樓夢》進行對話，並送我兩部大書，一部是程乙本《紅樓夢》；一部是《白先勇細說紅樓夢》，二者都是時報出版公司所出版，非常壯觀。我早已閱讀，明瞭白先生的

觀點。（三）這年二月，我應賈晉華教授邀請，在香港理工大學作了「《紅樓夢》的三維閱讀」的學術講座，從文學、歷史、哲學三個角度把握《紅樓夢》，許多話以前沒説過，這也提供我與白先生對話的一種基石。而最為根本的是，從一九九九年我在香港城市大學講述四大名著，已奠定了對《紅樓夢》的基本看法。

這些基本看法，就是找到《紅樓夢》的核，這就是「文心」，這個文心，乃是王陽明之後最純正的心靈，即賈寶玉的心靈。所以，張靜河先生所概説的「心靈本體論」是我能認同的。當然，我的思想在不斷前行，如今，我又從「本體論」返回「認識論」，認定文學根本不需要固定的「主義」和觀念，即不需要什麼世界觀、歷史觀、價值觀。只要真實地觀世界，觀歷史，觀生活，觀人性，就可以了。讀《紅樓夢》，只要不斷觀賞、不斷認知就行了。這個問題較大，容我以後另寫文章細説。

劉再復

二〇二〇年四月二十三日

於美國 Colorado

第一輯

白先勇與劉再復對談《紅樓夢》

一

劉　我們今天在座的四百位 [1]《紅樓夢》愛好者，共同面對、討論
《紅樓夢》評論史上的一個大現象：有一個人，細細地閱讀、
講述、教授《紅樓夢》整整三十年，[2] 從太平洋的西岸講到太
平洋東岸，創造出閱讀《紅樓夢》的時間紀錄與空間紀錄。

這個人就是白先勇。

白先勇是誰？昨天我太太陳菲亞看到我的發言提綱上有這個
問題。她說，這還要講嗎？誰不知道白先勇是著名作家和著
名崑曲《牡丹亭》青春版的製作者。我原本也是這樣認識白
先勇，但現在則有三點新的認知：

一、白先勇先生不僅是當代華文文學的一流作家，寫過一流
小說《紐約客》、《台北人》與《孽子》，一流散文〈驀然回
首〉、〈明星咖啡館〉、〈第六隻手指〉、〈樹猶如此〉，還有
一流戲劇、電影劇本《遊園驚夢》、《金大班的最後一夜》、
《玉卿嫂》、《孤戀花》、《最後的貴族》等影響巨大的作品；
而且他還是一流的文學鑒賞家，《白先勇細說紅樓夢》便是
明證。此書鑒賞《紅樓夢》如何寫人，如何寫神，如何寫

1　當日對談還有三百人在網上觀看直播視頻。

2　白先勇在加州大學聖塔芭芭拉分校講授了二十九年《紅樓夢》，之後又在台大
　　講授了一年半。

天，如何寫地，每篇都非常精彩。鑒賞寫人時，他說，《紅樓夢》寫人充分個性化，鶯兒說的和平兒說的，金釧說的和玉釧說的，絕對不一樣。至於寫天、寫神，那是《紅樓夢》的兩面。除了寫實，它寫神話的部分，也寫得很傳神、很逼真。而寫地，如寫大觀園，先是展示林黛玉眼裏的大觀園，接着又寫賈政、一群清客及寶玉眼裏的大觀園，最後又寫到劉姥姥眼裏的大觀園。

二、白先勇不僅是李漁[3]一般的大才子，而且是接近曹雪芹的大才子。李漁很有才能，他帶着一個戲班子到處漂泊，寫了許多優秀的戲劇劇本和散文，他日子過得很不錯，文章也寫得漂亮。我原以為白先勇像李漁，也是大才子，日子也過得不錯，帶着崑劇劇團走南闖北。現在才明白，他更像曹雪芹。他有續寫《紅樓夢》的才華，可惜後四十回有人捷足先登，已經在白先勇之前完成了。他只能在解說上展示其才華了。

三、白先勇不僅是白崇禧將軍的兒子，而且是中華文化的赤子。他不管走到哪個天涯海角，都念念不忘中國文化。他寫小說，製作崑曲，解讀《紅樓夢》，無一不是對中國文化的思戀與緬懷。他不能容忍台灣一部分人「去中國化」的觀點。不錯，台灣如果真的去中國化了，那麼它還剩下些什麼

3　李漁，又名李笠翁，明清時期劇作家、批評家，著有《凰求鳳》、《玉搔頭》等劇本，及戲曲批評理論《閒情偶寄》等。

呢？文化不僅在圖書館裏，而且在活人身上。他走到哪裏，就把中國文化傳播到哪裏。在評《紅樓夢》中，白先勇還特別解說了一點，即《紅樓夢》不僅是一部小說，而且是中華文化的結晶。他說，《紅樓夢》真「了不得」。中國文化中的儒、道、釋，它都包括在內。儒學宜於年青時代，道學宜於中年時代，佛學宜用於晚年時期。他還說，《紅樓夢》中什麼都有，士、農、僧、商，衣、食、住、行，琴、棋、書、畫，文、史、哲、經，樣樣都涉及，連風箏怎麼放，都可在《紅樓夢》中學到。

今天我所以感到榮幸，除了遇到一個百年不遇的「大現象」之外，還遇到一個相對自由的「大環境」。這就是香港科技大學人文學部的自由講壇。本來，二〇一六年時報出版公司剛推出《白先勇細說紅樓夢》之後，香港誠品書店就邀請我和白先勇進行對話。但我當時身在美國洛磯山下，大洋阻隔，難以抽身作萬里之行，而白先勇也忙於教學，終於作罷。此次能相逢，乃是天時、地利、人和的緣分的結果，是「大現象」與「大環境」相結合的結果。我們要感謝史維校長，感謝科大人文學部與高等研究院。

我還為自己感到榮幸。在二〇一八年因為拔牙而受感染，兩種細菌入侵，得了下頜骨骨髓炎。當時不僅住院，而且注射了六星期的抗生素，病情嚴重，可謂死裏逃生，今天能與先勇兄在此對話，也得益於上蒼放我一馬，所以也感到榮幸。

現在我想請教白先勇先生，請您談談在美國講《紅樓夢》的情況。

（白） 謝謝劉再復先生為我作的介紹，我與劉先生神交已久。劉再復先生寫於上世紀八十年代的《性格組合論》，可稱得上是「暮鼓晨鐘」。當時的文學作品多數是臉譜化的，非黑即白，劉先生提出性格組合論，對小說創作極其重要。人不可能是全黑或全白的，一定是黑白混在一起，有的深灰，有的淺灰，所以「性格組合論」的提出很有意義。自 Freud（弗洛伊德）研究人的潛意識的理論提出後，對現代人物的研究都是去臉譜化的。劉先生的理論在當時非常先進，「敲醒」世人，但同時也飽受爭議，畢竟近現代中國文學在很大程度上是政治化、臉譜化的。

之後我讀了更多劉再復先生的文學理論。他雖然從八十年代末之後長期居住在海外，但他對中國文化、中國文學極其關心，也很憂國憂民。劉先生寫了很多關於中國古典四大名著的文章，他認為《水滸傳》和《三國演義》是中國藝術水準很高的小說，但不喜歡這兩部作品。他認為《三國演義》的主題都是關於「權謀」、「心機」、「鬥爭」，藝術價值雖很高，但是影響不好。《水滸傳》的一百零八將，每個都栩栩如生，裏面的三個「淫婦」潘金蓮、閻婆惜、潘巧雲也刻畫得極好。但劉先生提出這部作品描摹的是一個「野蠻世界」，殺人如麻，武松對婦孺小孩也不放過，裏面的人甚至還要開

「人肉包子店」，劉先生認為這部作品對暴力、殺戮沒有批判態度。劉再復先生的個人經歷、歷史認知讓他對這兩部作品有這樣的評價。

我想，劉再復先生之所以熱愛《紅樓夢》，一個重要的原因是這部作品寫出了最可貴的「人性的慈悲」。曹雪芹以大慈大悲之心來看芸芸眾生，以「天眼」俯瞰紅塵，這是作者的大心胸。我的一位朋友奚淞在甘肅張掖的一個古廟看到一副楹聯，寫得很動人，我在講《紅樓夢》的結尾時引用了：「天地同流，眼底群生皆赤子；千古一夢，人間幾度續黃粱。」曹雪芹筆下的人物，善與惡是混雜在一起的。像是趙姨娘，在賈府地位非常卑微，自己的兒子賈環也不受重視，她心術不端，總是嫉妒寶玉，而且時常想要害他，這是一個很難讓人同情的角色。但《紅樓夢》寫到她的死亡時，她的屍首被棄置在破廟裏無人理會，可就在此時此刻，另一個人物出現了——一個大家很少注意到的人物：周姨娘。周姨娘也是賈政的妾，很少露面，也很少講話。周姨娘去看趙姨娘的屍身，倒抽一口冷氣，她想到做妾的下場也不過如此，何況趙姨娘還有兒子，自己可能會比趙姨娘的結局更悲慘。就是這樣一個細節，讓人突然意識到趙姨娘、周姨娘這些人物的可憐，所以說《紅樓夢》的悲憫心、同情心是無限的。

劉再復先生將《紅樓夢》與其它世界名著相提並論，稱讚為「中國文學史上最偉大的小說」，我也這樣認為。我在加州大

學聖塔芭芭拉分校教了近三十年書,講明清小說課的時候,一直選用《紅樓夢》作為範本。課堂上的學生分作兩組,一組是美國學生,沒有中文功底,只好用翻譯文本,講一講故事大綱和人物分析,但是也有效果。例如,有個美國學生對我說:「白老師,我就是賈寶玉。」因為他當時正在追中國的女孩子,交過幾個中國女朋友,就把自己看成是賈寶玉。另一組是中國學生,有來自大陸和台灣的孩子,教得更深入一點。一九九四年,我提早退休,覺得人生應該換個「跑道」,做一些別的事情。

直到二〇一四年,趨勢科技文化捐助台灣大學文學院設立「白先勇文學講座」,請了很多海內外的專家、學者來開講座。到第五年的時候,我受邀也去講課,但是我躊躇應該講什麼呢?我的一位教授朋友說,現在很多年輕人不再閱讀大部頭的經典著作,甚至大學生也不再看《紅樓夢》了。那怎麼可以?於是我想那就講《紅樓夢》吧,至少在我的課堂上,學生必須仔仔細細跟着我閱讀一遍《紅樓夢》,還要接受我的考試和「刁難」。

當時計劃講一個學期,每周講兩個小時,但是一個學期結束只講了四十回,於是到了第二個學期,每周加一小時課程繼續講,端午節還補課,結果第二個學期也只講到第八十回。最後又講了一個學期,一百個小時之後又加了一個小時,終於把一百二十回的《紅樓夢》講完了。所以,我的《細說紅

樓夢》其實是帶着學生細讀文本。Close Reading（細讀），是我們上世紀六十年代在學校學習的美國「新批評」派的文學理論，在當時的耶魯大學最為興盛，從文本的細讀中發掘意在言外的思想及小說各種的構成。夏濟安先生、夏志清先生都在這個傳統裏，我也深受這個傳統影響。如今紅學、曹學等各種研究如此興盛，但我覺得正本清源、萬流歸宗，對《紅樓夢》這部偉大的小說做文本細讀，是我的解讀方法。

但在耄耋之年重新細讀和講授《紅樓夢》，我愈發覺得這是一部真正的「天書」—— 有說不盡的玄機，說不盡的密碼，需要看一輩子。我看到晚年，可能才看懂了七八分，所以，我想大膽地宣稱：《紅樓夢》是「天下第一書」！

西方也有很多經典文學作品，像托爾斯泰的《戰爭與和平》、杜斯妥也夫斯基的《卡拉馬助夫兄弟》等，尤其是到了十九、二十世紀，西方湧現了很多經典文學作品，像 Random House（蘭登書屋）選出了一百本偉大的作品，排名第一的是詹姆斯·喬伊斯的《尤利西斯》。我在課堂上也念過《尤利西斯》，不停地揣摩文本，正襟危坐，看得非常吃力。相比之下，《紅樓夢》非常好看，隨便翻開一章，就會追下去。

二

㊄ 我和白先勇先生，對於《紅樓夢》有幾點相同的認識，這是我們對話的基礎。

共同的認識有三個：

一、我們都認為《紅樓夢》是中國文學無可置疑的高峰。我們都認為《紅樓夢》好得不得了，也都愛得不得了，好得無以復加，愛得無以復加。用理性語言表達，先勇兄說，《紅樓夢》是中國文學中最偉大的作品。請注意，他用了「最」字，不是「一般偉大」，而是「最偉大」。我則說，《紅樓夢》是中國文學的「經典極品」，它標誌着人類最高的精神水準。人類有史以來創造了柏拉圖、亞里士多德，以至康德、黑格爾等哲學，也創造了荷馬史詩、莎士比亞戲劇和塞萬提斯、巴爾扎克、雨果、歌德、托爾斯泰與杜斯妥也夫斯基的長篇文學巨著，這些都是人類最高智慧水準與精神水準的坐標。中國只有一部長篇小說，堪稱最高水準，這就是《紅樓夢》。人類自有文明史以來，創造了三座文化巔峰：一是西方哲學；二是大乘智慧；三是中國人文經典。後者的偉大結晶與呈現者就是曹雪芹的《紅樓夢》。總之，我們對《紅樓夢》都驚嘆，都給予最高禮讚，都感到讚美的詞窮句盡，語言不夠用。有人認為，《金瓶梅》比《紅樓夢》更偉大，這種論點恐怕難以成立。《金瓶梅》確實是中國偉大的寫實主義作品，

中國男人何等粗糙粗鄙，看西門慶就明白；中國富裕舊家庭妻妾之間的關係如何緊張，看《金瓶梅》也能明白。《金瓶梅》的寫實，不設政治法庭與道德法庭，這很了不起。但與《紅樓夢》相比，《金瓶梅》缺少一個形而上層面，一個神話世界層面，一個非寫實層面，這是很大的缺憾。

二、張愛玲說她人生三大恨事，一是鰣魚多刺；二是海棠無香；三是《紅樓夢》未完。[4] 我和先勇兄則認為，《紅樓夢》有兩種形態，一是「未完」，一是「已完」。前八十回抄本《脂硯齋重評石頭記》可以說「未完」，而一百二十回本（程甲、乙本）即《紅樓夢》印刷本則「已完」。正如巴黎羅浮宮的兩大經典藝術品，一是斷臂維納斯，一是完整的蒙娜麗莎。後者已完成，不必遺憾！我們鑒賞的正是已完的《紅樓夢》，我們人生的樂事正是欣賞已完成「紅樓之樂」，這不是一般的「樂」，而是其樂無窮。白先勇說：「我這一生中最幸運的事情之一，就是能夠讀到程偉元和高鶚整理出來的一百二十回全本《紅樓夢》，這部震古鑠今的文學經典巨作。」[5]

三、對於後四十回，我們都認為寫得好！重要的不是「真」與「偽」，而是「好」或「壞」。或者說，重要的不是作者（出自誰的手筆），而是「文本」、「文心」能否站得住。我

4　張愛玲：《紅樓夢魘》，台北：皇冠出版社，一九八九年。

5　白先勇：《白先勇細說紅樓夢》，台北：時報文化出版企業股份有限公司，二〇一六年，頁二〇。

們倆都重欣賞，重鑒賞，即重審美。我們都認為程乙本即一百二十回本站得住腳，是完整的好作品。順便說一下，不同於張愛玲的「三恨」，白先勇晚年有三樂：一是喜為父親立傳；二是喜帶崑劇團周遊列國；三是重講《紅樓夢》。白先勇屬於少年得志還是晚成大器，尚可討論。也就是說，今天如果在場的是張愛玲，那我們會吵架。但今天在場的是白先勇，我們就有平心對話的可能與基礎了。

我們充分肯定後四十回，不是簡單的事，因為許多「紅學」學者都批評了後四十回，發現後四十回諸如「蘭桂齊芳」等敗筆。最困難的是，我們必須面對兩位紅學研究的天才，一個是兩百多年來，考證最有成就的周汝昌先生；一個是文學創作天才張愛玲（儘管我稱她為「夭折的天才」）。他們兩人都不滿後四十回，張愛玲在給宋淇、鄺文美夫婦的信中甚至說：「高鶚續書——死有餘辜。」周先生也認為，高鶚續寫《紅樓夢》失敗了，不僅「無功」，而且有罪。

我和白先勇充分敬重這兩位天才，但抱着「吾愛吾師，但更愛真理」的態度表示，我們完全肯定後四十回。

白先勇不是一般地肯定，甚至認為後四十回好到他不得不懷疑那是否可能出自另一個人的手筆：整篇小說，前後呼應，人物命運、作品思想一以貫之，不可能是另一個人的創作，所以稱高鶚續書，可懷疑。他認為，對於後四十回，高鶚最多只能稱作整理者，不能算作者。這後四十回肯定有大量的

曹雪芹遺稿。他還認為，後四十回的兩大支柱，即黛玉之死與寶玉出家都寫得極好。有這兩大支柱在，後四十回就成功了。

我雖不如此描述，但對於一個死亡（黛玉），一個逃亡（寶玉），卻講兩個字：一是歸於「心」，一是歸於「空」，都屬於形而上，很高明，很精彩。歸於「心」，是一百一十七回書寫寶玉再次丟掉胸前玉石，他要把「玉」還給癩頭和尚，結果惹得寶釵與襲人驚慌護玉，此時此刻，賈寶玉講了兩句「一句頂一萬句」的話。一句是：「我已經有了心了，要那玉何用？」另一句是：「你們這些人，原來重物不重人哪！」襲人等只知道那塊玉是賈寶玉的命根子，不知道他的心才是他的命根子，生命本體，重中之重。寶玉這麼說，在哲學中點了題，把《紅樓夢》的心學之核點出來了。台灣第一哲學家牟宗三先生大讚這一節描寫。它真的是抓到「文心」與「文眼」，所謂「文心雕龍」，這正是。「心」便是《紅樓夢》這部偉大小說的「龍」。「龍」沒了，空了。寶玉出家，一切歸「空」，不僅寶玉出走，而是整個賈府倒塌，衰敗，斷後，「忽喇喇似大廈傾，昏慘慘似燈將盡」，整個世界「落了片白茫茫大地真乾淨」。人也空，府也空，人皆散，府皆散，這個結局正是《紅樓夢》開端預示的結局，《好了歌》的結局，全「散」，全「了」，全「空」，非常精彩。在中國歷史上，一個朝廷，一個家族，關鍵是「接班人」，一旦「斷後」，就走向崩潰。整部《紅樓夢》以寶玉出家為結局，就是以大

悲劇為結局。賈府從此「斷後」，沒有後人。一百二十回的小說完整了，故事完整了。

出家為「空」，這是釋迦牟尼走出帝王家的結局，精彩的形而上。相比一九八七年《紅樓夢》電視劇結束於形而下就高明得多。八七年版的這部電視劇，從演出到音樂樣樣成功，唯獨劇本「形而下」是大敗筆。寶玉不是出家，而是下獄；史湘雲不是下嫁，而是被逼當了妓女；王熙鳳不是被休，而是死無葬身之地。唯有她與賈璉的女兒巧姐，得救於「貧下中農」劉姥姥，整個結尾太實，太不給讀者留下審美想像空間。

下面請白先生先談談您對《紅樓夢》後四十回的理解。張愛玲完全否定後四十回，甚至在給宋淇、鄺文美夫妻的信中說：「高鶚續書——死有餘辜。」您怎麼看這一點？

⑲ 我談談我為何對《紅樓夢》的後四十回如此看重。張愛玲不喜歡《紅樓夢》的後四十回，她的影響太大了，以致很多人因為她而不願意讀下去。但我想張愛玲可能沒看懂後四十回，甚至可以說沒有讀懂《紅樓夢》。程高本一百二十回前後連貫，血脈相通，前八十回的許多伏筆，在後四十回都作了回應、回答，不是大手筆不可能如此完成。《紅樓夢》的前八十回講賈府之盛，文字當然要濃艷、華麗，後四十回講賈府之衰，文字當然會變得蕭疏。第八十回之後寫的是賈寶玉心境的變化，自晴雯去世後，賈寶玉的心境轉向了蒼涼，

所以《紅樓夢》的第八十一回會寫到曹操的《短歌行》，一代梟雄也會感悟到「對酒當歌，人生幾何。譬如朝露，去日苦多」的「無常」，而「無常」這兩個字正是《紅樓夢》的主題。賈寶玉在後四十回裏也感受到了賈府的興衰、人世的無常。第八十一回，賈寶玉想到了去世很久的秦鐘，忽然意識到沒有知交、沒有可講話的人，所以他裝作看書，但心中實在難過。這就是寶玉的心境，一種很要緊的轉折。

後四十回還有很多亮點，黛玉之死和寶玉出家是全書的高峰，是兩大支柱。黛玉之死的段落，寫到寶玉送黛玉那兩塊手帕，那是寶玉的貼身之物，也是寶、黛二人的定情之物，是「情絲」的牽絆；黛玉燒掉手帕，等於是焚掉他們的愛情。寶玉出家的一回也寫得好，是極難得的。胡適用薄弱的證據說明《紅樓夢》後四十回是高鶚所「補」，但「補」可能是「修補」，可能是「續補」，不能作定論。我認為，後四十回原稿也是曹雪芹寫的，但是有殘缺，高鶚和程偉元是在原稿基礎上續寫或者說是整理的。而且我作為小說創作者，深知有些細節不會有另外的人能想到。簡言之，《紅樓夢》的後四十回，絕對不輸於前八十回。

劉 白先勇先生，你對後四十回的充分肯定，對我也深有啟發。中國文化很重「衰落」，中國文學常有的敗筆是不願意正視「悲劇」，而愛寫大團圓，即所謂「曲終奏雅」或「曲終奏凱」。但《紅樓夢》的後四十回卻寫寶玉出家，寫的是「曲

終人散」，也是「曲終家落」，很深刻，很有力量。對後四十回，我也覺得它「大處站得住腳，小處可諒解」。不過，您不是發現前八十回也有許多誤筆、敗筆嗎？

⊕ 一個大作家，寫作出經典，其中有些敗筆、俗筆，很難避免。這也是「金無足赤，人無完人」的道理。後四十回的「蘭桂齊芳」等敗筆是多數人認定的，但為什麼產生這些敗筆，則可研究。總的說來，後四十回是成功的。

⊕ 那您對我剛才提到的我們的共同點，還有什麼補充與修正嗎？

⊕ 我想補充一點我們對賈寶玉這個主人公的共同看法。例如，我也認為，賈寶玉是最純粹、最慈悲的心靈，他實際上是個基督、釋迦牟尼，渾身全是佛性。他的心靈確實是佛心、童心。他從不傷害到人，任何一個人他都尊重。哪怕對趙姨娘，他也從不報復，從不說她的壞話，儘管趙姨娘常要加害他。

三

⊕ 我想用三個詞組，十二個字來概說白先勇兄的閱讀特點與傑出貢獻：這就是「文本細讀」、「版本較讀」、「善本品讀」。我說的三個「讀」，也可以用一個「文本細說」來概說。細

讀，本是日本學人的研究特點。日本人真是認真、仔細，後來美國人也學成了。從白先勇到余國藩，他們講解《紅樓夢》都用細讀的方式。白先勇的法門與胡適的法門不同。胡適的法門是「大膽假設，小心求證」。白先勇的法門是「不作假設，小心讀證」。白先生無論是寫小說還是解說《紅樓夢》都不作任何政治預設與道德預設，不同於「索隱派」，也不同於「考證派」的四大家族興衰史之論。他只管閱讀、細讀、較讀、品讀：

一、文本細讀。白先勇的《紅樓夢》閱讀與研究，最大的特點是「文本細讀」。他在美國加州大學聖塔芭芭拉分校講述《紅樓夢》二十九年，創下了講述《紅樓夢》的時間紀錄。他的方法是一回一回地給學生講課，從基本情節、人物塑造、對話藝術等多個角度進行講述，這種細讀給我們提供一種尊重原著的典範。這固然是課堂方式的逼迫，但也必須有個人韌性的堅持。沒有對《紅樓夢》的真正熱愛，撐不了二十九年、三十年。余國藩先生在芝加哥大學也用這種方法，也是一回一回地講述，但他也沒講這麼長（時間），這麼細。

二、版本較讀。在文本細讀的前提下，白先勇又作了版本較讀。他把程乙本作為最成功的一百二十回，把脂批的庚辰本作為最成功的八十回本，二者加以細細比較後，他發現庚辰本的一系列錯誤。人們都在指責後四十回的錯誤，他卻發現

前八十回的錯誤。他說，他把里仁版的庚辰本與桂冠版的程乙本「從頭到尾仔細比較了一次」[6]，發覺庚辰本其實也隱藏不少問題，有幾處還相當嚴重。我則完全從小說在藝術、美學觀點來比較兩個版本。這種細緻較讀，使他發現：

（一）對秦鐘描寫的最後部分實屬「畫蛇添足」。白先勇說，人物塑造是《紅樓夢》小說藝術最成功的地方，無論主要、次要人物，無一不個性鮮明，舉止言談，莫不恰如其分。例如秦鐘，這是一個次要角色，出場甚短，但對寶玉意義非凡。寶玉認為「男人是泥作的骨肉」，「臭氣逼人」，他尤其厭惡一心講究文章經濟、追求功名利祿的男人，如賈雨村之流，連與他形貌相似而心性不同的甄寶玉，他也斥之為「祿蠹」。但秦鐘是《紅樓夢》中極少數受寶玉珍惜的男性角色，兩人氣味相投，惺惺相惜，同進同出，關係親密。白先生特別舉了一個例子，他說，秦鐘夭折，寶玉奔往探視，「庚辰本」中秦鐘臨終竟留給寶玉這一段話：

> 以前你我見識自為高過世人，我今日才知誤了。
> 以後還該立志功名，以榮耀顯達為是。（「庚辰本」
> 第十六回）

6　白先勇：《白先勇細說紅樓夢》，台北：時報文化出版企業股份有限公司，二○一六年，頁一一。

這段臨終懺悔，完全不符秦鐘這個人物的個性口吻，破壞了人物的統一性。秦鐘這番老氣橫秋、立志功名的話，恰恰是寶玉最憎惡的。如果秦鐘真有這番利祿之心，寶玉一定會把他歸為「祿蠹」，不可能對秦鐘還思念不已。再深一層，秦鐘這個人物在《紅樓夢》中又具有象徵意義，秦鐘與「情種」諧音，第五回賈寶玉遊太虛幻境，聽警幻仙姑《紅樓夢》曲子第一支（紅樓夢引子）：開闢鴻蒙，誰為情種？「情種」便成為《紅樓夢》的關鍵詞，秦鐘與姐姐秦可卿其實是啟發賈寶玉對男女動情的象徵人物，兩人是「情」的一體兩面。「情」是《紅樓夢》的核心。秦鐘這個人物象徵意義的重要性不言而喻。「庚辰本」中秦鐘臨終那幾句「勵志」遺言，把秦鐘變成了一個庸俗「祿蠹」，對《紅樓夢》有主題性的傷害。「程乙本」沒有了這段，秦鐘並未醒轉留言。「脂本」多為手抄本，抄書的人不一定都有很好的學識見解，「庚辰本」那幾句話很可能是抄書者自己加進去的。作者曹雪芹不可能製造這種矛盾。[7]

（二）白先勇還發現，八十回本對尤三姐有描寫錯誤。他說：

比較嚴重的是尤三姐一案。《紅樓夢》次要人物榜上，

7　引自白先勇：《白先勇細說紅樓夢》，台北：時報文化出版企業股份有限公司，二〇一六年，頁一二至一三。跟講座原話有別，但大意相若，並補上《紅樓夢》原文回數。

尤三姐獨樹一幟，最為突出，可以說是曹雪芹在人物刻畫上一大異彩。在描述過十二金釵、眾丫鬟等人後，小說中段，尤氏姐妹二姐、三姐登場，這兩個人物橫空而出，從第六十四回至六十九回，六回間二尤的故事多姿多彩，把《紅樓夢》的劇情又推往另一個高潮。尤二姐柔順，尤三姐剛烈，這是作者有意設計出來一對強烈對比的人物。二姐與姐夫賈珍有染，後被賈璉收為二房。三姐「風流標致」，賈珍亦有垂涎之意，但不似二姐隨和，因而不敢造次。第六十五回，賈珍欲勾引三姐，賈璉在一旁慫恿，未料卻被三姐將兩人指斥痛罵一場。這是《紅樓夢》寫得最精彩、最富戲劇性的片段之一，三姐聲容並茂，活躍於紙上。但「庚辰本」這一回卻把尤三姐寫成了一個水性淫蕩之人，早已失足於賈珍，這完全誤解了作者有意把三姐塑造成貞烈女子的企圖。「庚辰本」如此描寫：

當下四人一處吃酒。尤二姐知局，便邀他母親說：「我怪怕的，媽同我到那邊走走來。」尤老也會意，便真個同他出來，只剩小丫頭們。賈珍便和三姐挨肩擦臉，百般輕薄起來。小丫頭子們看不過，也都躲了出去，憑他兩個自在取樂，不知作些什麼勾當。（「庚辰本」第六十五回）

這裏尤二姐支開母親尤老娘，母女二人好像故意設局讓賈珍得逞，與三姐狎暱。而剛烈如尤三姐竟然隨賈珍「百般輕薄」、「挨肩擦臉」，連小丫頭們都看不過，躲了

出去。

這一段把三姐糟蹋得夠嗆，而且文字拙劣，態度輕浮，全然不像出自原作者曹雪芹之筆。「程乙本」這一段這樣寫：

> 當下四人一處吃酒。二姐兒此時恐怕賈璉一時走來，彼此不雅，吃了兩鍾酒便推故往那邊去了。賈珍此時也無可奈何，只得看着二姐兒自去。剩下尤老娘和三姐兒相陪。那三姐兒雖向來也和賈珍偶有戲言，但不似他姐姐那樣隨和兒，所以賈珍雖有垂涎之意，卻也不肯造次了，致討沒趣。況且尤老娘在旁邊陪着，賈珍也不好意思太露輕薄。（「程乙本」第六十五回）

尤二姐離桌是有理由的，怕賈璉闖來看見她陪賈珍飲酒，有些尷尬，因為二姐與賈珍有過一段私情。這一段「程乙本」寫得合情合理，三姐與賈珍之間，並無勾當。如果按照「庚辰本」，賈珍百般輕薄，三姐並不在意，而且還有所逢迎，那麼下一段賈璉勸酒，企圖拉攏三姐與賈珍，三姐就沒有理由，也沒有立場，暴怒起身，痛斥二人。《紅樓夢》這一幕最精彩的場景也就站不住腳了。後來柳湘蓮因懷疑尤三姐不貞，索回聘禮鴛鴦劍，三姐羞憤用鴛鴦劍刎頸自殺。如果三姐本來就是水性婦人，與姐夫賈珍早有私情，那麼柳湘蓮懷疑她乃「淫奔無恥之流」並不冤枉，三姐就更沒有自殺以示貞節的理

由了。那麼尤三姐與柳湘蓮的愛情悲劇也就無法自圓其說。尤三姐是烈女，不是淫婦，她的慘死才博得讀者的同情。「庚辰本」把尤三姐這個人物寫岔了，這絕不是曹雪芹的本意，我懷疑恐怕是抄書的人動了手腳。[8]

尤氏兩姐妹的描寫本是《紅樓夢》的精彩之筆。尤二姐柔順，尤三姐剛烈。這裏不僅是成功的性格對照，而且是感人的真實性格，因此兩姐妹所形成的慘痛悲劇便十分感人。尤三姐後來的自殺，柳湘蓮的悔恨，都是令人感嘆的情節。整部小説中，一個尤三姐，還有一個鴛鴦，兩個女子的錚錚傲骨都感動天地。但《石頭記》庚辰本把尤三姐寫成「水性楊花」，顯然也是敗筆，而且是嚴重的敗筆。這也是文本細讀、較讀後的發現。

（三）白先勇還發現，前八十回本暗貶了晴雯。他説：

第七十七回「俏丫鬟抱屈夭風流」寫晴雯之死，是《紅樓夢》全書最動人的章節之一。晴雯與寶玉的關係非比一般，她在寶玉的心中地位可與襲人分庭抗禮，在第三十一回「撕扇子作千金一笑」、第五十二回「勇晴雯病補雀金裘」中，兩人的感情有細膩的描寫。晴雯貌美

8　引自白先勇：《白先勇細説紅樓夢》，台北：時報文化出版企業股份有限公司，二〇一六年，頁一三至一四。跟講座原話有別，但大意相若，並補上《紅樓夢》原文回數。

白先勇╳劉再復
紅樓夢對話錄

026

自負，「水蛇腰，削肩膀兒」，眉眼像「林妹妹」，可是「心比天高，身為下賤，風流靈巧招人怨」，後來遭讒被逐出大觀園，含冤而死。臨終前寶玉到晴雯姑舅哥哥家探望她，晴雯睡在蘆席土炕上：

幸而被褥還是舊日鋪蓋的，心內不知自己怎麼才好，因上來含淚伸手，輕輕拉他，悄喚兩聲。當下晴雯又因着了風，又受了哥嫂的歹話，病上加病，嗽了一日，才朦朧睡了。忽聞有人喚他，強展雙眸，一見是寶玉，又驚又喜，又悲又痛，一把死攥住他的手，哽咽了半日，方說道：「我只道不得見你了！」接着便嗽個不住。寶玉也哽咽。晴雯道：「阿彌陀佛！你來得好，且把那茶倒半碗我喝。渴了半日，叫半個人也叫不着。」寶玉聽說，忙拭淚問：「茶在那裏？」晴雯道：「在爐台上。」寶玉看時，雖有個黑煤烏嘴的吊子，也不像個茶壺。只得桌上去拿一個碗，未到手內，先聞得油羶之氣。寶玉只得拿了來，先拿些水，洗了兩次，復用自己的絹子拭了，聞了聞，還有些氣味，沒奈何，提起壺來斟了半碗，看時，絳紅的，也不大像茶。晴雯扶枕道：「快給我喝一口罷！這就是茶了。那裏比得咱們的茶呢！」寶玉聽說，先自己嘗了一嘗，並無茶味，鹹澀不堪，只得遞給晴雯。只見晴雯如得了甘露一般，一氣都灌下去了。（第七十七回）

這一段寶玉目睹晴雯悲慘處境，心生無限憐惜，寫得細緻纏綿，語調哀惋，可是「庚辰本」下面突然接上這麼一段：

> 寶玉心下暗道：「往常那樣好茶，他尚有不如意之處；今日這樣。看來，可知古人說的『飽飫烹宰，飢饜糟糠』，又道是『飯飽弄粥』，可見都不錯了。」（「庚辰本」第七十七回）

這段有暗貶晴雯之意，語調十分突兀。此時寶玉心中只有疼憐晴雯，哪裏還捨得暗暗批評她，這幾句話，破壞了整節的氣氛，根本不像寶玉的想法，看來倒像手抄本脂硯齋等人的評語，被抄書的人把這些眉批、夾批抄入正文中去了。「程乙本」沒有這一段，只接到下一段：寶玉看着，眼中淚直流下來，連自己的身子都不知為何物了……[9]

（四）白先勇第四個發現，是發現前八十回抄本，對關鍵性情節 —— 繡春囊事件的描寫有錯：

9　引自白先勇：《白先勇細說紅樓夢》，台北：時報文化出版企業股份有限公司，二〇一六年，頁一五至一六。跟講座原話有別，但大意相若，並補上《紅樓夢》原文回數。

繡春囊事件引發了抄檢大觀園，鳳姐率眾抄到迎春處，在迎春的丫鬟司棋箱中查出一個「字帖兒」，上面寫道：

> 「上月你來家後，父母已察覺你我之意。但姑娘未出閣，尚不能完你我之心願。若園內可以相見，你可以托張媽給一信息。若得在園內一見，倒比來家得說話，千萬，千萬。再所賜香袋二個，今已查收外，特寄香珠一串，略表我心。千萬收好。表弟潘又安拜具。」（「庚辰本」第七十四回）

司棋與潘又安是姑表姐弟，兩人青梅竹馬，長大後二人互相已心有所屬，第七十一回「鴛鴦女無意遇鴛鴦」，司棋與潘又安果然如帖上所說夜間到大觀園中幽會被鴛鴦撞見。繡春囊本是潘又安贈給司棋的定情物，「庚辰本」的字帖上寫反了，寫成是司棋贈潘又安的，而且變成二個。司棋不可能弄個繡有「妖精打架」春宮圖的香囊給潘又安，必定是潘又安從外面坊間買來贈司棋的。程乙本的帖上如此寫道：

> 再所賜香珠二串，今已查收。外特寄香袋一個，略表我心。（「程乙本」第七十四回）

繡春囊是潘又安給司棋的，司棋贈給潘又安則是兩串香珠。繡春囊事件是整本小說的重大關鍵，引發了抄查大觀園，大觀園由是衰頹崩壞，預示了賈府最後被抄家的命運。像繡春囊如此重要的物件，其來龍去脈，絕對不

可以發生錯誤。

「庚辰本」作為研究材料，是非常珍貴重要的版本，因為其時間早，前八十回回數多，而且有「脂評」，但作為普及本，有許多問題，須先解決，以免誤導。[10]

白先勇所指出抄本（八十回）的若干嚴重錯誤，並非「吹毛求疵」，而且科學地說明，任何文學巨著，都不可能完美無缺，《紅樓夢》後四十回有些敗筆也是可以理解的，不能用這些「敗筆」否認後四十回的成功和一百二十回本已完成小說的整體價值。所以我說：「後四十回大處站得住腳，小處可以原諒。」白先勇在指出前八十回的錯誤之後也說：

有人認為，把後四十回數落得一無是處，高鶚續書成了千古罪人。我對後四十回一向不是這樣看法。我還是完全以小說創作、小說藝術的觀點來評論後四十回。首先我一直認為後四十回不可能是另一位作者的續作，世界經典小說，還沒有一本是由兩位或兩位以上作者合寫而成的例子。《紅樓夢》人物情節發展千頭萬緒，後四十回如果換一個作者，怎麼可能把這些無數根長長短短的

---

10 引自白先勇：《白先勇細說紅樓夢》，台北：時報文化出版企業股份有限公司，二〇一六年，頁一六至一七。跟講座原話有別，但大意相若，並補上《紅樓夢》原文回數。

線索一一理清接榫，前後成為一體。例如人物性格語調的統一就是一個大難題。賈母在前八十回和後四十回中絕對是同一個人，她的舉止言行前後並無矛盾。第一百零六回：「賈太君禱天消禍患」，把賈府大家長的風範發揮到極致，老太君跪地求天的一幕，令人動容。後四十回只有拉高賈母的形象，並沒有降低她。《紅樓夢》是曹雪芹帶有自傳性的小說，是他的《追憶似水年華》，全書充滿了對過去繁華的追念，尤其後半部寫到賈府的衰落，可以感受到作者哀憫之情，躍然紙上，不能自已。高鶚與曹雪芹的家世大不相同，個人遭遇亦迥異，似乎很難由他寫出如此真摯個人的情感來。近年來紅學界已經有愈來愈多的學者相信高鶚不是後四十回的續書者，後四十回本來就是曹雪芹的原稿，只是經過高鶚與程偉元整理過罷了。其實在「程甲本」程偉元序及「程乙本」程偉元與高鶚引言中早已說得清楚明白，後四十回的稿子是程偉元蒐集得來，與高鶚「細加釐剔，截長補短」修輯而成，引言又說「至其原文，未敢臆改」。在其他鐵證還沒有出現以前，我們就姑且相信程偉元、高鶚說的是真話吧。

至於不少人認為後四十回文字功夫、藝術成就遠不如前八十回，這點我絕不敢苟同。後四十回的文字風采、藝術價值絕對不輸前八十回，有幾處可能還有過之。《紅樓夢》前大半部是寫賈府之盛，文字當然應該華麗，後四十回是寫賈府之衰，文字自然比較蕭疏，這是應情節的需要，而非功力不逮。其實後四十回寫得精彩異常的

場景真還不少，試舉一兩個例子：賈寶玉出家、黛玉之死，這兩場是全書的主要關鍵，可以說是《紅樓夢》的兩根柱子，把整本書像一座大廈牢牢撐住。如果兩根柱子折斷，《紅樓夢》就會像座大廈轟然傾頹。

第一百二十回最後寶玉出家，那幾個片段的描寫是中國文學中的一座峨峨高峰。寶玉光頭赤足，身披大紅斗篷，在雪地裏向父親賈政辭別，合十四拜，然後隨着一僧一道飄然而去，一聲禪唱，歸彼大荒，落了片白茫茫大地真乾淨。《紅樓夢》這個畫龍點睛式的結尾，恰恰將整本小說撐了起來，其意境之高、其意象之美，是中國抒情文字的極致。我們似乎聽到禪唱聲充滿了整個宇宙，天地為之久低昂。寶玉出家，並不好寫，而後四十回中的寶玉出家，必然出自大家手筆。

第九十七回「林黛玉焚稿斷痴情」、第九十八回「苦絳珠魂歸離恨天」，這兩回寫黛玉之死又是另一座高峰，是作者精心設計、仔細描寫的一幕摧人心肝的悲劇。黛玉夭壽、淚盡人亡的命運，作者明示暗示，早有鋪排，可是真正寫到苦絳珠臨終一刻，作者須煞費苦心，將前面鋪排累積的能量一古腦兒全部釋放出來，達到震撼人心的效果。作者十分聰明的用黛玉焚稿比喻自焚，林黛玉本來就是「詩魂」，焚詩稿等於毀滅自我，尤其黛玉將寶玉所贈的手帕上面題有黛玉的情詩一併擲入火中，手帕是寶玉用過的舊物，是寶玉的一部分，手帕上斑斑點點還有黛玉的淚痕，這是兩個人最親密的結合，兩人

愛情的信物，如今黛玉如此決絕將手帕扔進火裏，霎時間，弱不禁風的林黛玉形象突然暴脹成為一個剛烈如火的殉情女子。手帕的再度出現，是曹雪芹善用草蛇灰線，伏筆千里的高妙手法。

後四十回其實還有其他許多亮點：第八十二回「病瀟湘痴魂驚惡夢」；第八十七回「感秋深撫琴悲往事」，妙玉聽琴；第一百零八回「死纏綿瀟湘聞鬼哭」，寶玉淚灑瀟湘館；第一百一十三回，「釋舊憾情婢感痴郎」，寶玉向紫鵑告白。

張愛玲極不喜歡後四十回，她曾説一生中最感遺憾的事就是曹雪芹寫《紅樓夢》只寫到八十回沒有寫完。而我感到我這一生中最幸運的事情之一，就是能夠讀到程偉元和高鶚整理出來的一百二十回全本《紅樓夢》，這部震古鑠今的文學經典巨作。**11**

四

⒃ 謝謝劉再復先生細緻的閱讀和完整的總結。

《紅樓夢》不僅是一本了不起的文學經典，也是一部文化的

---

11 引自白先勇：《白先勇細説紅樓夢》，台北：時報文化出版企業股份有限公司，二〇一六年，頁一七至二〇。跟講座原話有別，但大意相若。

百科全書。《紅樓夢》到底偉大在哪裏？首先，它的架構非常偉大，塑造了二元世界。一個是現實世界，寫到了極致，把乾隆時代貴族之家的點點滴滴刻畫得淋漓盡致。我把曹雪芹的《紅樓夢》比作張擇端的《清明上河圖》，以類似工筆畫的筆致拓印了賈府的現實世界。另一個是神話世界，脫離了現實這一層面，如劉先生所言，比《金瓶梅》的形而下世界多出了一個形而上的世界。它的第一回就由女媧補天來起頭。《紅樓夢》其實是個「女兒國」，把女性的地位提到最高。其實按照人類學的研究，我們的原始社會是母系社會，之後被父系社會壓倒，母系社會實則滲透到了民間。《紅樓夢》裏最高一級的是賈母，接下來是一層一層有 hierarchy（等級）的女孩子們。所以《紅樓夢》由女媧煉石開始，也就是由女神開始，有很大的象徵意義。女媧用了三萬六千五百塊石頭補天，剩下的一塊置於青埂峰下，變成靈石，也就是賈寶玉。這塊石頭因為沒有被女媧用來補天，自怨自艾，但原來它被女媧賦予了更大的任務，就是用來補「情天」。所以這部小説一開始又叫作《情僧錄》，是常被大家忽略的名字。《紅樓夢》之前的別名有《石頭記》、《金陵十二釵》、《風月寶鑒》，還有很重要的一個名字，就是《情僧錄》。《紅樓夢》開始時講「空空道人」，因空見色，最後變成「情僧」，但是請大家不要被曹雪芹瞞過，「情僧」指的當然就是賈寶玉。所以寶玉愛所有的女孩子，希望她們的眼淚流成一條河，把他的屍首漂起來。曹雪芹提出了「情僧」的觀念，賈寶玉的宗教信仰可以説就是一個「情」字。劉再復先生剛才引用了

第五回的曲子「開闢鴻蒙，誰為情種」，賈寶玉就是《紅樓夢》裏的第一個「情種」。賈寶玉最後的出家，其實不只是因為林黛玉之死，而且寶玉出家時，不是穿黑色袈裟，而是在雪地裏披了大紅色的斗篷。在「白茫茫大地真乾淨」的空間裏，獨獨寶玉有一抹鮮艷的紅色，「紅」實際代表了人世間的「情」，寶玉是帶着人世間的「情殤」而走，擔負了人間所有為情所傷的重荷。王國維在《人間詞話》裏稱李後主的詞是「以血書者」，[12] 李後主亡國後的詞是以己之悲道出詩人之痛，因此境界廓大，儼然如釋迦和基督，擔負了人類的罪惡。我想王國維的這個形容，用在賈寶玉身上更加合適。曹雪芹在創作賈寶玉這個形象的時候，有意地把他寫成了像釋迦一樣的人物。悉達多太子曾享盡富貴榮華、嬌妻美色，後來他出四門，見到生老病死、體會種種人生之苦，出家成佛，為世人尋找痛苦的解脫法門，在這一點上，賈寶玉到最後也是像釋迦一樣。而他的大紅斗篷，正像基督擔負了「情殤」的十字架。

第二，《紅樓夢》必須產生在乾隆盛世，這是一個國勢和中華文明都由最高處雪崩式坍塌的轉捩點，而《紅樓夢》的偉大在於把這個盛極的氣勢寫出來了。但藝術家的感性也至關重要，曹雪芹對時代又有一種超前的感觸、感覺。他寫的是賈府興衰，但他可能已經感受到文明的興衰，他唱出一曲對

12　王國維：《人間詞話》，北京：樸社，一九二六年，頁八。

從唐詩到宋詞到元曲的這個大傳統的輓歌。所以曹雪芹不僅寫實寫到極點，同時《紅樓夢》的象徵性也極大。

正如劉先生提到的，《紅樓夢》寫到了儒、釋、道三家的哲學。不僅如此，《紅樓夢》是用最動人的故事、最鮮活的人物把這三種哲學具體地寫出來了。舉例來說，賈政和賈寶玉父子水火不容，賈寶玉一周歲「抓鬮」的時候抓的是胭脂水粉，令賈政非常氣惱，認為他長大了一定是個好色之徒，其實他們代表的是兩種哲學。賈政代表了儒家系統裏「經世濟民」、「修身、齊家、治國、平天下」的入世哲學，而寶玉代表了佛家和道家哲學中「鏡花水月」、「浮生若夢」的出世哲學。「大觀園」剛剛建好的時候，賈政帶了一批清客遊覽，走到「稻香村」的時候，認為能在這個有雞鴨、稻田的地方讀書便很好，但是寶玉的道家思想就在此時流露出來，他覺得這是人造的、不自然的，令賈政極為生氣，道家重歸返自然，儒家重社會秩序。所以說，《紅樓夢》將中國人的宗教、不同的處世方式，以文學的、小說的形式表現了出來。

五

劉　最後我講一下與白先勇讀《紅樓夢》的區別。我和白先生有共同點，也有相異點。從大的方面說，我們的異在於：文本與文心，文學與哲學，微觀與宏觀。

以閱讀方式而言，我和白先勇的區別在於，白先勇所講述的一切，均以閱讀文本為基本點，而我則是「文心感悟」。如果說，先勇兄是「文本雕龍」，我則是「文心雕龍」。無論重「文本」或重「文心」，當然都以「人」為依據。但「文本細讀」側重於文學欣賞，而「文心感悟」側重於哲學把握。前者更微觀，後者更宏觀。我一再說，文學少不了三大要素，即心靈、想像力和審美形式。先勇兄更重於審美形式，我更重於心靈。因為我側重於「文心」，所以我多年閱讀、寫作《紅樓夢》心得，便是側重於文心的發現。首先我發現《紅樓夢》全書的核心，如同太陽系中的太陽，是主人公賈寶玉的心靈。

我閱讀《紅樓夢》曾有一次類似王陽明「龍場徹悟」，這便是發現寶玉的心靈價值無量，這顆心靈美好無量！寶玉想的是我應當如何如何對待他人，而不是他人如何如何對待我。父親冤枉他，把他打得半死，他沒有一句怨言，照樣尊重敬愛父親，盡為子之義，路過書房記得下馬鞠躬。這使我聯想起對待祖國，也應如同賈寶玉對待父親。父親冤枉他，那是父親的問題，而我如何對待父親，那是我的責任，我的人格（做人準則）。

這顆「心」是《紅樓夢》的主旨，《紅樓夢》的「核心」，所謂明心見性，讀《紅樓夢》最主要的是明這顆心。這顆心是童心，是佛心，是赤子之心，是菩薩之心，是釋迦牟尼之

心，是基督之心。這顆心是人類文學史上最純粹、最美麗、最了不起的心靈，也是最偉大的心靈。

二〇〇〇年我在香港城市大學備課時，感悟到《紅樓夢》的文心，即寶玉之心，興奮得徹底不眠，如阮籍所云：「夜中不能寐，起坐彈鳴琴。薄帷鑒明月，清風吹我襟。孤鴻號外野，翔鳥鳴北林。徘徊將何見，憂思獨傷心。」這種文心感悟不僅使我更理解《紅樓夢》的偉大，而且影響了我的人生，我的基本抉擇，即影響我如何「做人」。賈寶玉的心靈，我概說了八個「無」：無敵、無爭（不爭名聲）、無私、無我（處處想別人）、無猜（沒有假人）、無恨、無懼、無別──

（一）無敵：他沒有敵人，沒有仇人，從不攻擊他人、貶低他人、傷害他人。他尊重每一個人，連賈環、薛蟠也尊重。薛姨媽認定自己的兒子薛蟠是「廢人」，薛蟠也確實屢屢犯罪，但寶玉仍然認他為友，口口聲聲稱他為「薛大哥」。

（二）「無爭」：中國文化的不爭之德，寶玉呈現得最為徹底。他不爭權力，不爭財富，不爭功名，不爭賈府的「接班人」，只當「富貴閒人」。「閒」為「無事於心，無心於事」。爭名逐利是世俗人普遍的弱點，但他沒有。辦詩社，他很積極，但不計較名次，他嫂嫂當詩裁判，判定他（怡紅公子）為最後一名（壓尾），他不僅沒意見，還拍手稱讚嫂子評得好。名字放在眾女子之後，他也心甘情願。他寫詩沒有任何功利目的，真為寫詩而寫詩，寫了詩就高興，就快樂。

在學校裏，薛蟠等爭風吃醋，他從不沾此惡習。他本可以當「接班人」而榮華富貴，但他不屑於爭奪這種榮耀，寧可孤獨、寂寞。

（三）無猜：在他心目中，不僅沒有敵人，沒有壞人，也沒有假人，無論什麼人哄他，編故事騙他，他都相信。對於世界上還有人會說謊話，他沒想到。劉姥姥胡謅一個鄉村漂亮姑娘被凍死的故事，他信以為真，第二天就去廟裏尋找。襲人為了教訓他，哄他說哥哥嫂嫂要她回家，他也立即相信，並答應襲人提出不走條件。

（四）無恨：寶玉沒有世俗人的生命機能，例如仇恨、嫉妒、報復、算計等。趙姨媽母子（賈環）要加害他，賈環甚至把油火推向他的眼睛，想燒毀他的雙眼。結果他的眼睛沒被毀掉，但燒傷了臉，王夫人為此非常生氣，要向賈母告狀，但賈寶玉立即阻止母親，說這是自己燒傷的。一個企圖燒毀自己眼睛的人都可以原諒，那還有什麼人不可原諒，不可寬恕呢？

寶玉之所以沒有世俗人的這些生命機能，乃是因為他「無私，無我」。

他心中沒有自己，只有他人。他處處着想的是他人，而不是自己。他被父親毒打之後，玉釧端着湯給他喝，不小心把湯潑了，此時，寶玉關心的是玉釧的手是否被湯燙傷，而自己

被燙了反而不在意。下雨了，他在雨中被淋，卻關心那些雨中人，所以被老嬤嬤嘲笑說他是呆子傻子。他的呆傻，就是不懂得為自己着想，不懂得為自己撈取利益。

寶玉因為他無敵、無爭、無猜、無私、無我，所以「心實」，這又形成他的「無懼」性格。他什麼都不怕，什麼都很坦然。黛玉死後，傳說瀟湘館鬧鬼，王熙鳳嚇得魂飛魄散，但寶玉一點也不怕，而且想去瀟湘館看看。人們都說他「膽大」，唯有史湘雲說他是「心實」。心無任何罣礙，不怕鬼怪敲門。這是「無懼」。

（五）無別：最後我還要講一下賈寶玉的心靈乃是佛心，佛心最重要的特徵，是無分別心。他是貴族子弟，但平等待人，無貴賤之別，無上下之別，無尊卑之別。人們把晴雯等視為「下人」，但在寶玉心中，沒有「下人」這種概念，也沒有「丫環」、「奴婢」、「奴隸」等概念，晴雯就是晴雯，鴛鴦就是鴛鴦，他看薛寶釵、史湘雲等貴族小姐，和看丫環、奴婢並無差別。所以祭奠晴雯的〈芙蓉女兒誄〉，才把晴雯這個丫環當作天使來歌頌，稱讚她：「其為質則金玉不足喻其貴，其為性則冰雪不足喻其潔，其為神則星日不足喻其精，其為貌則花月不足喻其色。」境界之高，無與倫比。賈寶玉不知現象學，卻天然地、自發地使用現象學，懸擱世俗世界的多種說法，直接擁抱對象，認識晴雯，真了不起。

寶玉之心，是人類文學所塑造的心靈中最純粹、最完美的心

靈，這顆心靈光芒萬丈，如同太陽；這顆心靈價值無量，如同滄海。我的龍場徹悟，僅是感悟到這顆心靈的無量、無價內涵。我曾把這顆心比作創世紀第一個早晨的露珠。晶瑩剔透，未被世俗塵埃污染。

感悟賈寶玉的心靈內涵，這是我的文心悟證第一點。

我與白先勇先生的第二點區別是他重視對二十三回的解說，並發現了《西廂記》、《牡丹亭》、《紅樓夢》乃是中國浪漫文學三大高峰，一峰比一峰高，三者構成中國一大脈中國文學史。此回他不僅發現了文本，而且發現文學史不可遺漏湯顯祖。受白先勇影響，我帶到月球上的作家、作品名單將改為：①《詩經》、②屈原、③陶淵明、④李白、⑤杜甫、⑥蘇東坡、⑦湯顯祖、⑧《西遊記》、⑨《金瓶梅》、⑩《紅樓夢》。

與白先勇不同，我重在二十二回，那是哲學回，我認為這是全書的文眼。林黛玉看出賈寶玉禪偈之弱點，在寶玉的「你證我證，心證意證，是無有證，斯可云證，無可云證，是立足境」二十四字禪偈之後再加「無立足境，是方乾淨」八個字，極為重要。可惜先勇兄卻未論此一情節。我在此回中發現了莊子，發現「無立足境，是方乾淨」的重大哲學意義。這八個字把莊子與列子都分別寫出來了，也把「有待」境界與「無待」境界的重大區別分清楚了。這也包含了林黛玉與賈寶玉的區別。寶玉以「是立足境」為至高點，其實，這還

是有依賴、有依附的境界，即列子的境界。莊子在《逍遙遊》中針對列子而提出「無待」境界，這就是林黛玉捕捉到的「無立足境，是方乾淨」的至高境界。寶玉修的是「愛」的法門，所以泛愛、博愛、兼愛。而黛玉修的是「智慧」的法門，在智慧層面上，黛玉是引導寶玉前行的女神，她不僅詩寫得比寶玉好，禪悟也比寶玉高出一籌。

第三點區別，是白先生文本細讀後發現了八十回本的重大錯誤，而我在「文心感悟」中則發現《紅樓夢》的五大哲學要點：

一為「大觀視角」。《紅樓夢》中有個大觀園，卻無人從《紅樓夢》中抽象出一個「大觀視角」、哲學視角。大觀視角，便不是用肉眼、俗眼看世界，而是用天眼、佛眼、法眼、慧眼看世界，於是既可看出大悲劇，也可看出荒誕劇。《好了歌》就是大觀視角下的荒誕歌，賈府崩潰、諸芳流散也是天眼下的衰敗故事。

二為「心靈本體」。本體即根本、源頭、最後的實在。《紅樓夢》以心靈為本體，所以才寫出賈寶玉的純粹心靈，也才寫出五百人物的區別。我在〈《紅樓夢》的存在論閱讀〉中把紅樓人物分成兩大類，一類是「擁有自己」或「意識到自己」者；另一類是「沒有自己」或「從未意識到自己」者。人與人的差別，全是心靈境界的差別。我在上面這篇文章中寫道，把《紅樓夢》人物作兩大類劃分之後，還可以更具體化

一些，以作更細的分類，至少可以歸納出下列重要的類別：

（一）意識到自己又敢於成為自己，但最後還是不能實現自己。如賈寶玉、林黛玉、妙玉。

（二）意識到自己卻不敢成為自己，以至撲滅了自己，如薛寶釵。

（三）想成為自己卻被社會所撲滅（不是自我撲滅，而是被他者所撲滅），如晴雯、鴛鴦、香菱等。鴛鴦、尤三姐雖是自殺，其實也是被社會所撲滅。

（四）完全未意識到自己，如襲人等。

（五）本想成為自己，卻在面對社會時立即撲滅自己，（社會與自我對自己的雙重撲滅）如賈雨村。

（六）被道統本質化而喪失自己，也從未擁有自己，如賈政。

（七）被社會所物化而變質為人類與自我的「異己」，如薛蟠、賈赦、賈璉、賈蓉等。

（八）本有自己，卻被他者同化而喪失了自己，如王夫人等。

（九）本可成為自己但因過分膨脹自己，最後消滅了自己，如王熙鳳。

（十）被社會剝奪了自己仍爭取成為自己，但最後也消滅了自己，如秦可卿。

三為「靈魂悖論」。所謂悖論，便是矛盾，二律背反，即兩個相反的命題都符合充分理由律。《紅樓夢》中的賈政、薛寶釵等重倫理、重教化、重秩序；寶玉、黛玉等重個體、重自然、重自由。薛寶釵與林黛玉的對立，不是新舊對立，也不是封建主義與民主主義的對立，而是儒與莊禪的對立，是曹雪芹的靈魂悖論。

四為「中道智慧」。貫穿於《紅樓夢》的是中道智慧。《紅樓夢》的開端借賈雨村之口講述作者不把人劃分為「大仁」與「大惡」，即在思維方法上不落入「非黑即白」的舊套，《紅樓夢》全書寫的正是中間地帶的人物，從主人公賈寶玉到他父母，都生活在第三空間，即不是全黑也不是全白。用魯迅的話說，《紅樓夢》不把好人寫得絕對好，也不把壞人寫得絕對壞。它寫的是「第三種活人」，打破傳統格局。

五是「澄明境界」。澄明境界是海德格哲學中的重要概念。它講的是「豁然開朗」、突然明瞭、「山重水復疑無路，柳暗花明又一村」的質變瞬間。佛教宣講從「不明」到「有明」到「澄明」，也是講突然飛升解脫的境界。寶玉出家，進入澄明，正是這種境界。其實黛玉之死，她把手帕製作的詩稿扔進火裏，也是由此進入澄明，再無罣礙。晴雯死亡之時也是進入了澄明之時。《紅樓夢》中有許多這種哲學片刻。

秦可卿、鴛鴦死亡而進入太虛幻境的瞬間，都是澄明境界的瞬間。一個人如果活得渾渾噩噩、無所事事，不知思想可以飛躍，人生可以飛升，那他（她）就永遠無法了解澄明之境。因此，嚴格地説，唯有精神解脱，才能了解什麼是澄明境界。

白先勇論《紅樓夢》

從「紅樓夢導讀」到「細說紅樓夢」[1]

一

我是一九九四年從美國加州大學聖塔芭芭拉分校退休，至今二十年了。教書是我喜歡的事，《紅樓夢》導讀是我在加大東亞系主要授課之一，分中英文兩種課程，持續二十多年。

退休後推廣崑曲，編寫父親白崇禧將軍的傳記，忙於各種文化及公益活動，當被問起「為何不回台灣講《紅樓夢》」，一時間還不認為真能做到。但這想法慢慢發酵，覺得回到母校與在美國教書，情感上是不一樣的。《紅樓夢》是影響我一生最重要的偉大小說，透過教與閱的心得，應該可以跟台大的小學弟小學妹們分享很多事。

這門課最早叫作「紅樓夢導讀」，我想，這門課的目的就是以我自己的經驗來引導同學看《紅樓夢》。因為我自己寫小說，而最重要的是，這是一本小說，這是我們中國最偉大的小說！我想在文學、在小說這方面，它的藝術成就最高，而且它的影響最大。所以我是從這方面切入：《紅樓夢》作為一本了不起的、偉大的小說，我們怎麼去看這本小說？這門課叫作「紅樓夢導讀」，很重要是因為這一點。

1　原文載於〈緒論〉，《白先勇細說紅樓夢》，台北：時報文化出版企業股份有限公司，二〇一六年，頁二六至四三。

二十世紀以來，《紅樓夢》的研究，從「紅學」到「曹學」——曹學就是曹雪芹家世的研究——已經成為大學問。相關的著作說是汗牛充棟也不足以形容。換句話說，讀《紅樓夢》有很多很多的方式，有各種各樣的說法。《紅樓夢》是一本天書，從各個方面切入，都可以看出多方面的意義，但最重要的，它終究是一部偉大的小說，我們還是必須從這個角度切入。

首先，為什麼要談這本書？我認為，在大學裏頭，要稱得上所謂大學教育，很重要的一點，就是要閱讀一些必讀的經典。所謂經典，就是一部作品在經過世世代代以後，在自己的民族內部也好，或是放在全人類創作的叢林裏也好，若它對於每一個世代都有其特別的意義，這就是經典。也就是說，經典通常即使經過了上千年也還能存在，而持續對我們有意義。這種被視作經典的作品必須仔細閱讀，深深地閱讀，因為這種作品對大家會很有啟示。大家現在可能年紀還輕，未必能夠完全了解經典作品的涵義，可是這個時候先閱讀了經典，心裏面有了這些故事，我相信對大家以後的一生都會有影響，而且是很好的影響。我覺得，念過《紅樓夢》、而且念通《紅樓夢》的人，對於中國人的哲學，中國人處世的道理，以及中國人的文字藝術，和完全沒有念過《紅樓夢》的人相比，是會有差距的。以我自己的經驗來說，我是年紀很小就開始念《紅樓夢》，那時候雖然不很懂，可是慢慢地，我發現自己非常受益於這本書。

《紅樓夢》有幾個面向要先談。

第一，這當然是最偉大的一本小說。同時大家注意成書的時間是十八世紀清乾隆時代，可說是中國的文化到了最成熟、最極

致的巔峰，而要往下走的時候。很快地，乾隆以後，中國的文化走下坡路了。因而可以說，這是一本在頂點的書。作為一個像曹雪芹那樣敏感的作者，我想他雖然是在寫小說《紅樓夢》，寫賈府的興衰史，但是在無意中、在潛意識中，他同時感覺到整個文化將要傾頹、崩潰，一如他寫到的：「忽喇喇如大廈傾，昏慘慘似燈將盡。」我想藝術家有一種獨特的靈感，特別能夠感受到國事，乃至於民族的文化狀況，或許類似於所謂的「第六感」，我覺得曹雪芹就顯示出這種感受能力。所以他寫的不光是賈府的興衰，可能在無意間，他也替中國的文化寫下了「天鵝之歌」。從這個角度看這本書，它的意義更大。

我們隨便舉個例子，我剛剛說文學家或藝術家的感受與靈感，尤其是中國的傳統，對於時代的興衰特別敏感，因為中國的歷史是延續下來的。其他地方如歐洲，它們的文化中心一下子遷到這邊，一下子又遷到那邊，所以歐洲的歷史比較是分期的；但中國的歷史是從古到今，一直延續下來的。這種各個時代的興衰刺激了很多文學作品的產生。舉個例子，像是李商隱，大家都知道他的詩《登樂遊原》：「向晚意不適，驅車登古原。夕陽無限好，只是近黃昏。」一首詩講了晚唐，講完了唐朝的興衰。這種感受對曹雪芹而言，可能更加深刻。雖然乾隆時代表面看起來很繁華，但我們從歷史的後見之明來看，在乾隆晚年已經開始衰微，已經有很多瀕臨崩潰的跡象了。

另外，雖然我不是文化史家，但我對繪畫和陶瓷也很喜歡，涉獵了一些。所以我想曹雪芹的《紅樓夢》成書的時候，很可能也是我們民族創作的巔峰，而《紅樓夢》是在這個巔峰上完成的

集大成的作品 —— 無論在文學、哲學、宗教，或文風、文體各方面，《紅樓夢》都有很了不得的成就，這本書作為中國文化集大成的一部作品是當之無愧的。而事實上，在《紅樓夢》以後，也再沒有一部文學作品可以達到它的那個高度。無論是文學、繪畫，或是陶瓷，各方面都沒有。突然間，我們的創造力（creativity）都在往下降。所以我說曹雪芹他感受到的，是中華文明即將要衰退的「夕陽無限好，只是近黃昏」的感受，這在《紅樓夢》中特別、特別地強烈。對於這麼一部著作，我們說它在文化上有特殊的意義。

二

至於在小說的藝術方面，《紅樓夢》也深有貢獻。在中國小說的發展中，成熟期不算早，雖然很早就有文言文的小說，成熟的作品要到明清才出現。而就小說這個文類而言，我想《紅樓夢》是集大成的一部書。《紅樓夢》不僅僅是剛才說的文化意義上的集大成，在文學的藝術上，它也是集大成。文學的評價，按照文學史來說，文學史就是一些文學天才們的合傳。每個時代都有它的大天才，不論在形式方面、內容方面，或者語言方面，都加以創新，而帶領文學不斷地往上，創造出新的高峰。《紅樓夢》在很多方面，匯集了過去從《三國演義》、《水滸傳》、《西遊記》、《金瓶梅》與《儒林外史》以來中國古典小說的大傳統，而就小說而言，《紅樓夢》表現得最為成熟。

標誌小說成熟的條件，一是它的形式，等我們講到文本的

時候，我會仔細地來分析這一點。簡言之，《紅樓夢》在形式上使用了神話與寫實兩種手法，而且寫得非常好，在形式上可以說是一部巨作。另外，小說很重要的一點，尤其在中國小說上很重要的，是人物的創造、人物的刻畫。曹雪芹寫《紅樓夢》，可以說是撒豆成兵，任何一個人物，即使是小人物，只要一開口就活了。這很奇怪，別人花了好多篇幅來寫，曹雪芹用不着，他只要一句話，這個人物就出來了，一句話就使這個人物活了。不要說別的，曹雪芹自己是貴族，而《紅樓夢》大部分講的也是貴族階級的生活，但是它中間出現一個村婦劉姥姥，劉姥姥一開口，滿紙生輝，馬上就活了。而且奇怪的是，我們現在說寫鄉下人，寫鄉土，講了個半天，在中國文學中寫鄉下人的，讓人印象最深刻的可能仍然是劉姥姥。這就是所謂的大天才，不光是寫富貴人家的老太太，譬如賈母，寫得那麼好，她的每一句話、一舉一動都合乎其身份；他連寫一個村婦也寫得那麼活！所以曹雪芹是無所不能的。如果大家有興趣寫小說，仔細看看《紅樓夢》是怎麼創造人物的。這是中國小說很重視的一項技藝。

我們看西方文學，偉大的作家像俄國的杜斯妥也夫斯基、法國的普魯斯特，他們的小說連篇累牘地都是在敍述，都是在分析，常常是長篇大論的。當然他們寫得非常深刻。然而中國小說不是的，中國小說大部分都是利用對話來推展情節，用對話來刻畫人物，所以在中國小說中，對話是很重要的技巧，什麼人講什麼話，包括語氣、口吻與內容都很重要。對話寫得好不好，幾乎就決定了小說的成敗。《紅樓夢》的對話寫得最好，每個人物說的話都合乎其身份，很少會講錯話的。我們可以做一個實驗，隨

便翻開一頁，把人物的名字蓋上，單單看那句話，你一看就知道是誰講的。《紅樓夢》那麼多的人物，每一個都被作者個人化（individualized），這一點非常不容易做到。本來金陵十二釵已經寫得很好了，對於十二個女性人物的刻畫，幾乎已經寫盡了。我們拿現代小說來比較，寫十二個女人能寫得那麼活的，很少。光是十二金釵已經不得了，後面又跑出「紅樓二尤」的尤二姐和尤三姐，而且又寫得那麼好！所以說《紅樓夢》的人物層出不窮。為什麼？每個人的對話，作者都是恰如其分地描繪。我自己是寫小說的，我看人家的小說一定是先看對話。如果對話寫得不好、不活、不像，我想可能那本小說就不行。對話的確要緊，而《紅樓夢》這本小說的對話非常鮮活。接着要談的是文字，這本書的文字極好。當然曹雪芹的文學修養是很精深的，據說他本身就善於詩詞，對於文字非常敏感，這影響了《紅樓夢》用字之講究。中國文化的美學固然有它簡樸的一個面向，但同時也有富麗堂皇的另一種美學取向，就像牡丹花一樣，富麗得不得了，《紅樓夢》的文字就是富麗的這一面。曹雪芹的文筆得力於他詩詞歌賦的造詣，樣樣都通。因此《紅樓夢》裏面有詩、有詞，有歌、有賦，各種文體都有；曹雪芹對於戲劇和曲文也非常精通，他是集中國文學各種形式之大成。《紅樓夢》不僅是散文，詩詞也是很重要的元素，小說裏的詩詞不是隨隨便便寫的，不是裝飾性的，而是有機體的一部分，《紅樓夢》常常借由詩詞來點題。

至於《紅樓夢》最大的成就，一方面是寫實主義到了極點，你看了賈府，會覺得真的有這麼一個賈府，這麼一座大觀園；另一方面，則是它的象徵也達到了最高點。《紅樓夢》裏面，幾乎

每一個人名、地名，甚至一道菜、一件衣服，都有它的意義。所以說看《紅樓夢》不能只看表面，表面的文字當然華麗吸引人，但是另一方面，它非常有象徵意義。這本書不拘於現實或寫實，而是達到了哲學性的、神話性的層面；它有形而上與形而下的兩層，作者都能照顧得非常周全。曹雪芹使用了那麼華麗的文字，當然有其主題上的需要。

曹雪芹這本書其實有幾個不同的名字，分別指出了這部小說內容的幾個層次。最廣為人知的名字是《紅樓夢》。「紅樓」何所指？「紅」在書中佔了很大很重要的地位。「紅」指的是紅塵；「紅樓」指賈府這種人世間的貴族家庭；下面這個「夢」字，紅樓一夢，整個是一場夢。中國傳統的佛道思想，從很早的《南柯夢》、《邯鄲夢》便有，一直下來到《紅樓夢》。另外一個名字叫作《石頭記》，意思更深了一層，講到內容中的頑石歷劫。賈寶玉前身是一塊石頭，通靈寶玉，後來歷劫下到紅塵，經過了整個的一生，最後又回到原來的地方，回到青埂峰下，一生歷了一劫。這裏講的雖是賈寶玉個人，但從某方面來說，也是每個人到這個世上來，同樣是歷劫，也是走一趟，也是經歷紅樓一夢。

我們看這本書，第一是看賈府興衰這條線，從開始時它的情節發展就指向了賈府的由盛入衰；第二條線是寶玉出家，賈寶玉經過了生離死別，到最後悟道。追尋這兩條線索，看這本書才有了脈絡。也有學者認為，其實這是一部賈寶玉的傳，這部《石頭記》寫的也就是類似釋迦牟尼佛 —— 悉達多太子成道的故事。悉達多太子原本生長在皇室，享盡了富貴榮華，也娶妻生子，後來看到人生的生老病死苦，最後悟道。賈寶玉也是長在富貴榮華之

家，也經歷了許多生死離別，最後悟道出家，所以佛家的思想的確對曹雪芹有相當大的影響。

看這本書時，沿着這兩條線，就可以一直看下去了。七十二回以前，賈府怎麼從一開始的最盛漸漸衰落下去，這是一條線。第二條線是賈寶玉跟林黛玉之間的情，黛玉的死對他攸關重要。當然不光是黛玉，還有好幾個人物都重要，他們的死亡，他們的遭遇，以至賈府的衰落，對寶玉都是一種刺激、一種啟發，最後他出家悟道。我想大家抓住這兩條線的話，看這本書就不會覺得混亂。這本書人物很多，情節很複雜，但是不管怎麼樣，有這兩條大的主軸在這裏頭，大家就能夠看得比較清楚。我希望讀者們把這本書從頭到尾細細地看一遍。

三

《紅樓夢》的版本學是大學問。它有很多種版本，我在台大上課用的是里仁書局出版、馮其庸等人校注、以庚辰本為底本的版本，參照了其他的本子一起修訂，並截取程甲本後四十回。庚辰本是《脂硯齋重評石頭記》很老的一個手抄本子，只有七十八回。我在美國教書的時候，用的是桂冠圖書公司出版以程乙本為底本的版本，這個本子最初是在乾隆時代，程偉元用活字排了兩版，第二版是一七九二年，叫作程乙本，後四十回加上去了，桂冠出版的這個本子注得也很好。可是版本學的學者互相攻擊，說他們研究的版本最好，哪個本子就不好，大家最好兩個版本都看，大概有個平衡參考。版本太多了、太繁了，大家有興趣可以看看。

我現在講的是文本之外的一些大家需要知道的常識，最希望大家把《紅樓夢》這部經典好好地看一回。

　　我還準備了《紅樓夢》課程參考書目，參考書太多了，汗牛充棟，我將比較重要的、有不同看法的稍微列了一些。柯慶明老師告訴我台大圖書館裏有很大的《紅樓夢》資料庫，大家感興趣可自己去查。不過比較重要的，我稍微講一下，第一個當然是王國維，他是了不得的大學者，寫了《紅樓夢評論》。基本上這些參考書分兩大部分，一部分是考據，一部分是義理。王國維在義理方面講《紅樓夢》的哲學意義在什麼地方，他是第一個用西方哲學比較《紅樓夢》的人，他用德國哲學家叔本華（Schopenhauer）對於人的意志、慾方面的解釋，把「玉」跟「慾」這兩個合在一起來講。因為叔本華是一個悲觀哲學主義者，生就是一種痛苦，我們生下來就要找解脫，我想王國維自己也是，難怪他後來跳昆明湖自殺了。不管怎麼樣，他寫得很深刻，尤其他對於悲劇的解釋 —— 他認為悲劇並不像希臘悲劇是得罪了天神，或者是莎士比亞的悲劇，有個壞人，如奧賽羅（Othello）、埃古（Iago）在旁邊作祟，他認為的悲劇是人在最平常的生活裏面醞釀生、老、病、死這種悲劇；他對悲劇的解釋，為解釋《紅樓夢》提供了很好、很深刻的看法。

　　俞平伯是北大很有名的紅學家，他的貢獻在於他的考據，尤其是對於脂硯齋的評論。脂硯齋是一位對《紅樓夢》做評語的人，《紅樓夢》的八十回手抄本，裏面都有脂硯齋的評論（簡稱「脂評」）。關於脂硯齋有很多考據，也有說他是曹雪芹的堂兄弟，不管怎麼樣，脂硯齋是對曹雪芹很熟悉、很親近的一個人，

對曹家知道得很清楚的一個人，他的評語對於紅學研究非常重要。有幾派人常爭論《紅樓夢》到底是寫什麼，一派人說是曹雪芹的自傳，因為脂硯齋常常講「當時的確是那樣子」、「當時的確發生」，講得很傷心，好像看到那件事情發生，所以大家覺得這是曹雪芹自己的自傳。胡適就是這麼認為。

胡適對於曹家族譜、曹家的考證是最有貢獻的，在他之前有索隱派講《紅樓夢》寫的是納蘭性德的傳記，《紅樓夢》又是反清的小說，有很多很多說法。胡適考據說這是曹雪芹的自傳。但是有些自傳派又走火入魔了，說大觀園在什麼地方，賈府在什麼地方，一個個去考證這樹、這石頭，那也過分了。不過大致來說，胡適認為《紅樓夢》是曹雪芹自傳性的小說可能是對的，如果作者曹雪芹沒有經歷過那種富貴生活，沒有經歷過那套清朝旗人貴族的禮法，《紅樓夢》這一本書可能寫不出來。

我想一個人寫小說，別忘了小說的英文叫 fiction，虛構，不是虛構就不是小說。可能大觀園是曹雪芹自己心中的花園，當然他家裏一定有很大的花園，但不可能大到像大觀園那麼大，富貴如賈府倒也未必，到底他不是皇室。他是皇家的親戚，但還不是親王，而我們在北京看恭王府也不過如此，跟大觀園還是差那麼一截，所以大觀園可能是想像出來的。不管怎麼樣，胡適考證是他的自傳。胡適考證了半天，我們以為他一定對《紅樓夢》的評價很高，哪曉得他說《紅樓夢》的藝術價值並不那麼高。我覺得胡適他看走眼了，他考證考迷糊了，他說《紅樓夢》不如《儒林外史》。我想，這有他時代的原因與關係，《儒林外史》是諷刺官場、諷刺政治，是個政治小說，它寫的是 politics，《紅樓夢》寫

的是人生。那時候胡適搞革命，搞五四運動，那時候政治最要緊，所以認為講諷刺權貴的《儒林外史》寫得好。《儒林外史》當然好，但比起《紅樓夢》，我覺得層次方面有所分別，所以那些大學者的話有時候也不可靠。

四

夏志清先生有一本非常有名而且影響很大的、用英文寫的《中國古典小說》（*The Classic Chinese Novel*），評論《三國演義》、《水滸傳》、《西遊記》、《金瓶梅》、《儒林外史》，然後是《紅樓夢》。夏志清先生完全是義理方面的，因為他受了西方文學的批評訓練，所以他用西方批評的理論，尤其是新批評（New Criticism），扣緊文本來講，因此夏先生有很多創見。我在美國上課用的《紅樓夢》英譯本譯得很好，由戴維‧霍克思（David Hawkes）跟他女婿閔福德（John Minford）兩個人合譯的，用了非常漂亮的英文。霍克思把自己在牛津大學（Oxford）的教職都辭掉了，專門翻譯這本書，跟曹雪芹一樣「十年辛苦不尋常」。很奇怪，愈難的他譯得愈好，《好了歌》譯得好得不得了！一些較為普通的俗語，反而有時一下子摔了跟斗，譯錯了。我想《紅樓夢》也蠻難的，不光是它那很高的一層，它所用的一些平常俗語實在難，我們現在來看，有些都看不懂了：當時乾隆時代用的俗語到底是什麼意思？現在不用了嘛，所以很難。

《紅樓夢》的英譯那麼好，我也教過他的英譯本，可是一般的美國讀者反應不是那麼熱烈，我在想這是什麼道理？他們喜歡

《金瓶梅》、喜歡《西遊記》，容易看、容易懂；《金瓶梅》誰都懂，《西遊記》好玩、有意思，《紅樓夢》的確有文化上的阻隔。在西方，拿美國的標準，對於賈寶玉這麼瘋瘋傻傻的一個男孩子，我就聽到一個美國人說他 foolish。我們說他痴傻，在中國有另外的意思，我們的痴傻不是壞事，有時候我們的道呀、佛呀，很多也是痴痴傻傻的。我想賈寶玉的痴傻就是一種佛道中的仙人，一看好像瘋瘋癲癲的。美國人、西方人很難理解這麼一個 hero，他好像不是一個英雄人物。對他們來講，賈寶玉跟美國式的那種浪漫、好萊塢式的浪漫也不同，所以對賈寶玉大概很難抓住 —— 這個人到底怎麼回事？怎麼理解他？

夏先生提出一個十九世紀的俄國小說家杜斯妥也夫斯基，他深深地受基督教的影響，尤其是受希臘正教（Orthodox Church）的影響，所以他寫的小說到最後都是人跟神、人跟上帝的關係。我想《紅樓夢》一樣，到最後也是人跟佛到了更高一層的關係。杜斯妥也夫斯基有一本小說《白痴》（The Idiot），寫什麼呢？有個人物叫作米歇金王子（Prince Myshkin），這個人有點像賈寶玉，也痴痴傻傻的，都去幫人家、愛人家，最後真的瘋傻掉了，變成白痴。杜斯妥也夫斯基寫他的時候，其實有基督這個人物在腦筋裏面，他寫的是一個基督人物。雖然他是一個病基督，救不了世界，救不了人世；他那麼的大悲，卻救不了這個人世間的苦痛，最後自己變瘋傻了。這樣非常謙卑的人物跟賈寶玉很相近，了解米歇金，就會了解賈寶玉。夏先生在此做了很好的比較，我想有時候以一種比較的角度，也能給我們另外一種觀點。從這個角度看，杜斯妥也夫斯基寫的是一個 Christ，一種基督式的人

物；曹雪芹寫賈寶玉是釋迦牟尼的一種大悲，也不是一個普通的人，其實他不像世間的人，他最後是成佛了。所以，夏先生這種看法也為我們提供了一種新的視野。

五

林語堂《平心論高鶚》於我心有戚戚焉。很多人攻擊說《紅樓夢》後面四十回是高鶚寫的，寫得文字也不好，這個也不好、那個也不好，我不同意。現在在很多紅學家考證曹雪芹其實是寫完了《紅樓夢》的，後四十回已經寫完了，但手抄本不見了。前面八十回手抄本在那時很流行，後四十回那時沒有手抄本，人們便認為是高鶚續的。我的看法是曹雪芹寫完了，高鶚刪潤的，程偉元與高鶚在程甲本的序裏有這樣說過。書中有些地方的確有矛盾，好像鳳姐的下場不對，按前面的判詩，鳳姐沒有死，是被休掉的。還有巧姐的年齡不對……反正在書中找了很多矛盾的地方。其實《紅樓夢》那麼多版本，也有很多的矛盾，但我覺得後四十回的文學成就絕不亞於前八十回。第一百二十回寫寶玉出家，那是整本書的高峰，「落了片白茫茫大地真乾淨」，真是把這句話寫到極點了，寫得真好！

第九十七回寫黛玉之死，「林黛玉焚稿斷痴情」也寫得非常好，還有寫賈府抄家等等，都寫得那麼好。如果後四十回是高鶚寫的，高鶚的才智絕不下於曹雪芹，要續人家的東西更難，若要我改人家的文章，我一定頭大得不得了。還有一點，曹雪芹對賈府興衰的悲劇，寫得真是字字血淚，你會感覺是真的，他的感受

那麼深，這些人物不是完全跟他沒有關係的。

如果說高鶚續書也有那麼深的感受，我覺得幾乎是不可能的一件事情。我的看法是，可能後四十回已經寫成了，高鶚只是刪潤他的書就是了。我覺得林語堂講得很好，他替高鶚平反，高鶚被罵得太厲害了。

張愛玲也寫《紅樓夢》評論，她的《紅樓夢魘》把後面四十回痛批一頓，我不同意。我覺得後四十回寫得非常高明、非常了不得，大家看了以後我再聽聽大家的意見。前八十回跟後四十回，有的人甚至拿電腦來算用字的頻率，看看前面、後面有沒有矛盾。我想那也不一定呀！後四十回他的 style 改了，的確需要改，因為前面講盛，後面講衰，文字完全不一樣了。前面是慢慢、慢慢經營，後面是「嘩」的一下就崩潰下去，所以他的文字的確要如此。

還有一位紅學專家趙岡，他的《紅樓夢新探》相當有名，他做了好多考據工作，他是完全的「自傳派」。他考證了每一個人，尤其考證大觀園在哪裏，但是也引起很多筆戰，跟余英時就大打筆戰。台灣還有一個很有名的紅學家潘重規先生，可能是屬於「索隱派」，講曹雪芹是反滿的、反清的，《紅樓夢》裏全是一些政治人物，思考這是誰、那是誰，考據得非常細。蔡元培也是這一派，講曹雪芹反清、反滿。雖然曹雪芹是漢人，他的高祖以前是明朝的下級軍官，但未必有反清復明的思想，等一下我講他的身世會講這一點，他對於當時政治不滿是有的，因為被抄家了，過得很潦倒。

余英時寫的《紅樓夢的兩個世界》也很有名，他也是從義理

方面講大觀園。余先生反對自傳說、反對完全的考據,不過余先生也承認曹雪芹受到自己家裏的經驗影響。曹家是有過那種繁華富貴的生活,而且跟清朝的皇室很貼近,所以他寫出這種富貴氣象也很正常。

你們念這本書時可以去看看圖書館對《紅樓夢》研究的收藏,當中還有很多我沒有放進參考書目的大陸學者作品,像馮其庸、周汝昌在中國大陸紅學界都非常有名,不過他們的觀點各自不同。所以我說《紅樓夢》是本天書,從任何角度都可以研究、發掘。也有一支是曹學,對曹雪芹這一家做了好多考據工作。尤其現在故宮裏那些檔案出來了,康熙跟曹寅之間,他們來往的奏摺、批示,現在對曹家的研究更加詳細也更準確了。

我想既然這本小說帶着自傳性,若對曹雪芹的生平有個概括的了解,對這本書的理解也會有幫助,詳細情形大家去找書來看吧。我自己不是紅學專家,也不是曹學專家,我看這本書,都是當作小說藝術來看的。概括講曹雪芹的家族背景,他的高祖父曹振彥是明朝遼東的下級軍官,官位不高。清朝前身是後金,在明朝天啟元年,也就是公元一六二一年,後金首領努爾哈赤要統一遼東就進攻瀋陽、遼陽。攻下來後,曹振彥被俘虜到清兵的軍營,他被編進很下級的一個正白旗,屬於多爾袞的旗下。多爾袞是努爾哈赤的兒子,後來的順治皇帝的皇叔。不過多爾袞真的是一個非常有勢力的皇親,曹振彥就在他門下跟着去打仗,立了軍功。清軍入關的時候,他就變成文職,蠻受重用的,升了個大同知府。

順治皇帝登位,據說因為多爾袞跟他的母親孝莊皇后有私,所以他很恨這個皇叔。我想,一個皇帝新登位,一定會把一些舊

勢力除掉。那時多爾袞權傾一時，很可能會篡位，順治很小又很弱，不知是野史還是正史，就說孝莊皇后以色誘極力把順治皇帝保住，所以順治登基以後就很恨他，在他死後將之挫骨揚灰，並把多爾袞下面的軍隊統統收編。曹振彥就被順治收編了，變成順治內務府的包衣，包衣等於家奴，負責打點宮廷雜務，這樣就有機會親近皇帝了。到了曹振彥的兒子曹璽就成了侍衛，並被升為二等禁衛侍衛，經常可以跟皇帝接觸。順治大概蠻相信他們的。要知道那時候禁衛侍衛都是滿人貴族當的，納蘭性德，一個很有名的詞人，就是當侍衛。所以這個位子雖然官不大，可是機會很好，跟皇帝很親近。最要緊的是，曹璽的妻子孫氏剛好當了皇太子玄燁、後來的康熙皇帝的奶媽。這個我不太懂，查資料也不清楚，怎麼會要一個漢人包衣的妻子當奶媽？可能孫氏很健壯、奶水很足。況且孝莊皇后很厲害的，她指定孫氏當奶媽，可見孫氏一定有她特別的地方。而且她帶康熙一定帶得很好，康熙對她念念不忘。曹家最關鍵的人物是曹寅 —— 曹雪芹的祖父，興他們曹家的就是曹寅。曹寅是康熙的奶哥，他們倆大概小時候玩在一起的，很親近，所以才得到江寧織造的大肥缺，曹家就這樣發達起來。曹寅深得康熙寵幸，康熙南巡六次，四次由曹家接駕。曹寅藏書甚豐，擅長詩文，並撰寫傳奇劇本，曹雪芹受祖父影響甚深。曹雪芹青少年時期曾目睹江寧織造曹府之繁華，享受過錦衣玉食的生活。雍正六年（公元一七二八年）曹府被抄家，由是衰落，曹雪芹大約十三四歲，舉家回到北京，晚年窮困潦倒。這位曠世奇才，把他大半生的生命都灌注到《紅樓夢》中，寫出了中國文學史上最偉大的小說。

賈寶玉的大紅斗篷與林黛玉的染淚手帕
——《紅樓夢》後四十回的悲劇力量 [1]

近百年來，紅學界最大的一個爭論題目就是《紅樓夢》後四十回到底是曹雪芹的原稿，還是高鶚或其他人的續書？這場爭論牽涉甚廣，不僅對後四十回的作者身份起了質疑，而且對《紅樓夢》這部小說的前後情節、人物的結局、主題的一貫性，甚至文字風格、文采高下，最後牽涉到小說藝術評價，統統受到嚴格檢驗，嚴厲批評。「新紅學」的開山祖師胡適，於一九二一年為上海亞東圖書館出版的新式標點甲本《紅樓夢》寫了一篇長序〈《紅樓夢》考證〉。這篇長序是「新紅學」最重要的文獻之一，其中兩大論點：證明曹雪芹即是《紅樓夢》的作者，斷定後四十回並非曹雪芹原著，而是高鶚偽託續書。自從胡適一錘定音，判決《紅樓夢》後四十回是高鶚的「偽書」以來，幾個世代甚至一些重量級的紅學家都沿着胡適這條思路，對高鶚續書作了各種評論，有的走向極端，把後四十回數落得一無是處，高鶚變成了千古罪人。而且這種論調也擴散影響到一般讀者。

「程甲本」首次呈現《紅樓夢》全貌

在進一步討論《紅樓夢》後四十回的功過得失之前，先簡單回顧一下後四十回誕生的來龍去脈。乾隆五十六年（公元

1　原文載於《明報月刊》，第五十三卷第二期，二〇一八年二月，頁二〇至三一。

一七九一年）由程偉元、高鶚整理出版木刻活字版排印一百二十回《紅樓夢》，中國最偉大的小說第一次以全貌面世，這在中國文學史上應是劃時代的一件大事。這個版本胡適稱為「程甲本」，因為是全本，一時洛陽紙貴，成為後世諸刻本的祖本，翌年一七九二年，程、高又刻印了壬子年的修訂本，即胡適大力推薦的「程乙本」，合稱「程高本」。在「程高本」出版之前，三十多年間便有各種手抄本出現，流傳坊間，這些抄本全都止於前八十回，因為有脂硯齋等人的批注，又稱「脂本」。迄今發現的「脂本」共十二種，其中以「甲戌本」、「己卯本」、「庚辰本」、「甲辰本」、「戚序本」（亦稱「有正本」）比較重要。程偉元在「程甲本」的序中說明後四十回的由來：是他多年從藏書家及故紙堆中搜集得曹雪芹原稿二十多卷，又在鼓擔上發現了十餘卷，併在一起，湊成了後四十回，原稿多處殘缺，因而邀高鶚共同修補，乃成全書：

> 爰為竭力搜羅，自藏書家，甚至故紙堆中無不留心，數年以來，僅積有二十餘卷。一日偶於鼓擔上得十餘卷，遂重價購之，欣然翻閱，見其前後起伏，尚屬接榫，然漶漫不可收拾，乃同友人細加釐剔，截長補短，抄成全部，復為鐫版，以公同好。

「程乙本」的引言中，程偉元和高鶚又有了如下申明：

> 書本後四十回，係就歷年所得，集腋成裘，更無他本

可考。惟按其前後關照者，略為修輯，使其有應接而無矛盾。至其原文，未敢臆改，俟再得善本，更為釐定。且不欲盡掩其本來面目也。

程偉元與高鶚對後四十回的來龍去脈，以及修補的手法原則說得清楚明白，可是胡適就是不相信程、高，說他們撒謊，斷定後四十回是高鶚偽託。胡適做學問有一句名言：拿出證據來。胡適證明高鶚「偽作」的證據，他認為最有力的一項就是張問陶的詩及注。張問陶是乾隆、嘉慶時代的大詩人，與高鶚鄉試同年，他贈高鶚的一首詩《贈高蘭墅鶚同年》注有「《紅樓夢》八十回以後，俱蘭墅所補」這一條，蘭墅是高鶚的號。於是胡適便拿住這項證據，一口咬定後四十回是由高鶚「補寫」的。但張問陶所說的「補」字，也可能有「修補」的意思，這個注恐怕無法當作高鶚「偽作」的鐵證。胡適又認為程序說先得二十餘卷，後又在鼓擔上得十餘卷，「世間沒有這樣奇巧的事！」那也未必，世間巧事，有時確實令人匪夷所思。何況程偉元多年處心積慮四處搜集，並非偶然獲得，也許皇天不負苦心人，居然讓程偉元收齊了《紅樓夢》後四十回原稿，使得我們最偉大的小說能以全貌面世。

後四十回本就是曹雪芹原稿

近二三十年來倒是愈來愈多的學者相信高鶚最多只參與了修補工作，《紅樓夢》後四十回不可能是高鶚一個人的「偽作」，後四十回本來就是曹雪芹的原稿。例如來自海外紅學、「五四運動」

研究權威周策縱；台灣著名歷史小說家、紅學專家高陽；中國大陸幾輩紅學專家：中國紅樓夢學會首任會長吳組緗、中國紅學會副會長胡文彬、中國紅樓夢學會常務理事吳新雷、中國紅樓夢學會顧問寧宗一、北京曹雪芹學會副會長鄭鐵生。這些對《紅樓夢》有深刻研究的專家學者們，不約而同，對後四十回的作者問題，都一致達到以上的看法。

　　我個人對後四十回嘗試從一個寫作者的觀點及經驗來看。首先，世界上的經典小說似乎還找不出一部是由兩位或兩位以上的作者合著的。因為如果兩位作家才華一樣高，一定個人各有自己風格，彼此不服，無法融洽，如果兩人的才華一高一低，才低的那一位亦無法模仿才高那位的風格，還是無法融成一體。何況《紅樓夢》前八十回已經撒下天羅地網，千頭萬緒，換一個作者，如何把那些長長短短的線索一一接榫，前後貫徹，人物語調一致，就是一個難上加難不易克服的問題。《紅樓夢》第五回，把書中主要人物的命運結局，以及賈府的興衰早已用詩謎判詞點明了，後四十回大致也遵從這些預言的發展。至於有些批評認為前八十回與後四十回的文字風格有差異，這也很正常，因前八十回寫賈府之盛，文字應當華麗，後四十回寫賈府之衰，文字自然比較蕭疏，這是情節發展所需。其實自從七十七回「俏丫鬟抱屈夭風流　美優伶斬情歸水月」，抄大觀園後晴雯遭讒屈死，芳官等被逐，小說的調子已經開始轉向暗淡淒涼，寶玉的心情也變得沉重哀傷，所以才在下一回「痴公子杜撰芙蓉誄」對黛玉脫口講出「茜紗窗下，我本無緣，黃土壟中，卿何薄命」這樣摧人心肝的悼詞來。到了第八十一回，寶玉心情不好，隨手拿了一本《古

樂府》翻開來，卻是曹操的《短歌行》:「對酒當歌，人生幾何。」一代梟雄曹孟德感到人生苦短，世事無常的滄桑悲涼，也感染了寶玉，其實後四十回底層的基調也佈滿了這種悲涼的氛圍，所以前八十回與後四十回的調子，事實上是前後漸進、銜接得上的。

周策縱教授在威斯康辛大學執教時，他的弟子陳炳藻博士等人用電腦統計分析的結果，雖然後四十回與前八十回在文字上有些差異，但並未差異到出於兩人之手那麼大。如果程高本後四十回誠然如一些評論家所說那樣矛盾百出，這二百多年來，程高本《紅樓夢》怎麼可能感動世世代代那麼多的讀者？如果後四十回程偉元、高鶚果真撒謊偽續，恐怕不會等到一百三十年後由新紅學大師胡適等人來戳破他們的謊言，程、高同時代那麼多紅迷早就群起而攻之了。在沒有如山鐵證出現以前，我們還是姑且相信程偉元、高鶚說的是真話吧。

至於不少人認為後四十回的文字功夫、藝術價值遠不如前八十回，這點我絕對不敢苟同，後四十回的文字風采、藝術成就絕對不輸給前八十回，有幾處感人的程度恐怕還猶有過之。胡適雖然認為後四十回是高鶚補作的，但對後四十回的悲劇下場卻十分讚賞:「高鶚居然忍心害理的教黛玉病死，教寶玉出家，作一個大悲劇結束，打破中國小說的團圓迷信。這一點悲劇眼光，不能不令人佩服。」

《紅樓夢》後四十回的悲劇力量，建築在幾處關鍵情節上，寶玉出家、黛玉之死，更是其中重中之重，如同兩根樑柱把《紅樓夢》整本書像一座高樓，牢牢撐住，這兩場書寫，是真正考驗作者功夫才能的關鍵時刻，如果功力不逮，這座紅樓，輒會

轟然傾塌。

有情不能成僧，成僧必須斷情

　　《紅樓夢》這部小說始於一則中國古老神話：女媧煉石補天。共工氏撞折天柱，天塌了西北角，女媧煉石三萬六千五百零一塊以補天，只有一塊頑石未用，棄在青埂（情根）峰下，這塊頑石通靈，由是生了情根，下凡後便是大觀園情榜中的第一號情種賈寶玉，寶玉的前身靈石是帶着情根下凡的，「情根一點是無生債」，情一旦生根，便纏上還不完的情債。黛玉第一次見到寶玉：「雖怒時而似笑，即瞋視而有情」、「平生萬種情思，悉堆眼角」。其實賈寶玉即是「情」的化身，那塊靈石便是「情」的結晶。

　　「情」是《紅樓夢》的主題、主旋律，在書中呈現了多層次的複雜義涵，曹雪芹的「情觀」近乎湯顯祖，「情不知所起，一往而深，生者可以死，死可以生。」《紅樓夢》的「情」遠遠超過一般男女之情，幾乎是一種可以掌握生死宇宙間的一股莫之能禦的神祕力量了。本來靈石在青埂峰下因未能選上補天，「自怨自愧」，其實靈石下凡負有更大的使命：到人間去補情天。第五回「賈寶玉神遊太虛境」，寶玉到了太虛幻境的宮門看到上面橫書四個大字：孽海情天。兩旁一副對聯：

　　　厚地高天，堪嘆古今情不盡；
　　　痴男怨女，可憐風月債難酬。

所以寶玉在人間要以他大悲之情，去普度那些情鬼下凡的「痴男怨女」。寶玉就是那個情僧，所以《紅樓夢》又名《情僧錄》，講的就是情僧賈寶玉歷劫成佛的故事。《紅樓夢》第一回，空空道人將《石頭記》檢閱一遍以後，「因空見色，由色生情，傳情入色，自色悟空，遂改名情僧，改《石頭記》為《情僧錄》。」此處讀者不要被作者瞞過，情僧指的當然是賈寶玉，空空道人不過是一個虛空符號而已。在此曹雪芹提出了一個極為弔詭而又驚世的概念：本來「情」與「僧」相悖無法並立，有「情」不能成「僧」，成「僧」必須斷「情」。「文妙真人」賈寶玉絕不是一個普通的和尚，「情」是他的宗教，是他的信仰，才有資格稱為「情僧」。寶玉出家，悟道成佛，並非一蹴而就，他也必須經過色空轉換，自色悟空的漫長徹悟過程，就如同唐玄奘西天取經要經歷九九八十一劫的考驗，才能修成正果。賈寶玉的悟道歷程，與悉達多太子有相似之處。悉達多太子飽受父親淨飯王寵愛，享盡榮華富貴，美色嬌妻，出四門，看盡人世間老病死苦，終於大出離，尋找解脫人生痛苦之道。《情僧錄》也可以說是一本「佛陀前傳」，曹雪芹有意無意把賈寶玉寫成了佛陀型的人物。

　　賈寶玉身在賈府大觀園的紅塵裏，對於人世間枯榮無常的了悟體驗，是一步一步來的。第五回賈寶玉在秦氏臥房小憩時夢遊太虛幻境，在「薄命司」裏看到「金陵十二釵」以及其他與寶玉親近的女性之命冊，當時他還未能了解她們一個個的悲慘下場，警幻仙姑把自己乳名兼美、表字可卿的妹子跟寶玉成姻，並祕以雲雨之事，寶玉一覺驚醒，叫了一聲：「可卿救我！」可卿其實就是秦氏的小名。秦氏納悶，因為她的小名從無人知。夢中的可

卿即秦氏的複製。秦氏是賈蓉之妻，貌兼黛玉、寶釵之美，又得賈母等人寵愛，是重孫中第一個得意人物。但這樣一個得意人，卻突然夭折病亡。寶玉聽聞噩耗，「心中似戳了一刀，噴出一口鮮血。」寶玉這種過度的反應，值得深究。有人認為寶玉與秦氏或有曖昧之情，這不可能，我認為是因為這是寶玉第一次面臨死亡，敏感如寶玉，其刺激之大，令他口吐鮮血，就如同悉達多太子出四門，遇到死亡同樣的感受。在賈府極盛之時，突然傳來雲板四聲的喪音，似乎在警告：好景不常。一個兼世間之美的得意人，一夕間竟會香消玉殞。彩雲易散琉璃脆，世上美好的事物，不必常久。秦氏鬼魂託夢鳳姐，警示她：「月滿則虧，水滿則溢」，已經興盛百年的賈家終有走向衰敗的一日。頭一回，寶玉驚覺到人生的「無常」。

　　未幾，寶玉的摯友秦鐘又突然夭折，使寶玉傷心欲絕。秦氏與秦鐘是兩姐弟，在象徵意義上，秦與「情」諧音，秦氏手足其實是「情」的一體二面，二人是啟發寶玉對男女動情的象徵人物，二人極端貌美，同時壽限短，這對情僧賈寶玉來說，暗示了「情」固然是世間最美的事物，但亦最脆弱，最容易斲傷。

　　所以情僧賈寶玉的大願是：撫慰世上為「情」所傷的有情人。

大觀園本是寶玉的理想樂園

　　賈寶玉本來天生佛性，雖在大觀園裏，錦繡叢中，過的是錦衣玉食的富貴生涯，但往往一聲禪音，一偈禪語，便會啟動他嚮往出世的慧根。早在二十二回「聽曲文寶玉悟禪」，寶釵生日，

賈母命寶釵點戲，寶釵點了一齣《山門》，說的是魯智深出家當和尚的故事，寶玉以為是齣「熱鬧戲」，寶釵稱讚這齣戲的排場詞藻俱佳，便念了一支「寄生草」的曲牌給他聽：

> 漫揾英雄淚，相離處士家。謝慈悲，剃度在蓮台下。沒緣法，轉眼分離乍。赤條條，來去無牽掛。那裏討，煙蓑雨笠捲單行？一任俺，芒鞋破缽隨緣化！

魯智深踽踽獨行在出家道上的身影，即將是寶玉最後的寫照。難怪寶玉聽曲猛然觸動禪機，遂有自己「赤條條無牽掛」之嘆。

大觀園是賈寶玉心中的人間太虛幻境，是他的「兒童樂園」，怡紅公子在大觀園的人間仙境裏，度過他最歡樂的青少年時光，跟大觀園裏眾姐妹花前月下，飲酒賦詩，無憂無慮的做他的「富貴閒人」。天上的太虛幻境裏，時間是停頓的，所以花常開，人常好，可是人間的太虛幻境卻有時序的推移，春去秋來，大觀園終於不免百花凋零，受到外界凡塵的污染，最後走向崩潰。第七十四回因繡春囊事件抄大觀園，這是人間樂園解體的轉捩點，接着晴雯遭讒被逐，司棋、入畫、四兒，以及十二小伶人統統被趕出大觀園，連寶釵避嫌也搬了出去，一夕間大觀園繁華驟歇，變成了一座荒園。大觀園本是寶玉的理想世界，大觀園的毀壞也就是寶玉的「失樂園」，理想國的幻滅。

晴雯之死，在寶玉出家的心路歷程上又是一劫，第七十七回「俏丫鬟抱屈夭風流」，晴雯臨死，寶玉探訪，是全書寫得最感人

肺腑的章節之一。在此，情僧賈寶玉對於芙蓉女兒晴雯的屈死，展現了無限的悲憫與憐惜。一腔哀思，化作了纏綿悽愴，字字血淚的〈芙蓉女兒誄〉，既悼晴雯，更是暗悼另一位芙蓉仙子林黛玉，自此後，怡紅公子遂變成了傷心人，青少年時的歡樂，不復再得。

搜查大觀園指向賈府抄家，晴雯之死暗示黛玉淚盡人亡。後四十回這兩大關鍵統統引導寶玉走向出家之路。在大觀園裏，怡紅公子以護花使者自居，庇護園內百花眾女孩，不使她們受到風雨摧殘。靈石下凡，本來就是要補情天的，寶玉對眾女孩的憐惜，不分貴賤，雨露均霑，甚至對小伶人芳官、藕官、齡官也持一種哀矜。當然情僧賈寶玉，用情最深的是與他緣定三生、前身為絳珠仙草的林黛玉。寶玉對黛玉之情，也就是湯顯祖所謂的情真、情深、情至，是一股超越生死的神祕力量。林黛玉的夭折，是情僧賈寶玉最大的「情殤」。賈府抄家，遂徹底顛覆了寶玉的現實世界。經歷過重重的生關死劫，第一百一十六回「得通靈幻境悟仙緣」。寶玉再夢回到太虛幻境，二度看到姐妹們那些命冊，這次終於了悟人生壽夭窮通，分離聚合皆是前定，醒來猶如黃粱一夢，一切皆是「鏡花水月」。《紅樓夢》的情節發展至此，已為第一百二十回最後寶玉出家的大結局做好了充分的準備。

好便是了，了便是好

《紅樓夢》作為佛家的一則寓言則是頑石歷劫，墮入紅塵，最後歸真的故事。寶玉出家當然是最重要的一條主線，作者費盡

心思在前面大大小小的場景裏埋下種種伏筆，就等着這一刻的大結局（Grand Finale）是否能釋放出所有累積爆炸性的能量，震撼人心。寶玉出家並不好寫，作者須以大手筆，精心擘劃，才能達到目的。《紅樓夢》是一本大書，架構恢宏，內容豐富，當然應該以大格局的手法收尾。寶玉的「大出離」實際上分開兩場。第一場「第一百一十九回：中鄉魁寶玉卻塵緣」，寶玉拜別家人赴考，是個十分動人的場面，寶玉：

> 走過來給王夫人跪下，滿眼流淚，磕了三個頭，說道：「母親生我一世，我也無可報答，只有這一入場，用心作了文章，好好中個舉人出來，那時太太喜歡喜歡，便是兒子一輩子的事也完了，一輩子的不好也都遮過去了。」

寶玉出家之前，必須了結一切世緣；他報答父母的是中舉功名，留給他妻子的是腹中一子，替襲人這個與他俗緣最深的侍妾，下聘一個丈夫蔣玉菡。寶玉出門時，仰面大笑道：「走了，走了！不用胡鬧了！完了事了！」「寶玉嘻天哈地，大有瘋傻之狀，遂從此出門而去。」寶玉笑什麼？笑他自己的荒唐、荒謬，一生像大夢一場，也笑世人在滾滾紅塵裏，還在作夢。應了《好了歌》的旨意，「好便是了，了便是好。」

第一百二十回，我們終於來到這本書的最高峰，小說的大結局。

賈政扶送賈母的靈柩到金陵安葬，然後返回京城：

一日，行到毘陵驛地方，那天乍寒，下雪，泊在一個清靜去處。賈政打發眾人上岸投帖，辭謝親友，總說即刻開船不敢勞動。船上只留一個小廝伺候，自己在船中寫家書，先要打發人起早到家。寫到寶玉的事，便停筆。抬頭忽見船頭上微微雪影裏面一個人，光着頭，赤着腳，身上披着一領大紅猩猩氈的斗篷，向賈政倒身下拜。賈政尚未認清，急忙出船，欲待扶住問他是誰。那人已拜了四拜，站起來打了個問訊。賈政才要還揖，迎面一看，不是別人，卻是寶玉。賈政吃一大驚，忙問道：「可是寶玉麼？」那人不言語，似喜似悲。賈政又問道：「你若是寶玉，如何這樣打扮，跑到這裏來？」寶玉未及回言，只見船頭上來了兩人，一僧一道，夾住寶玉道：「俗緣已畢，還不快走？」說着，三個人飄然登岸而去。賈政不顧地滑，疾忙來趕，見那三人在前，那裏趕得上？只聽得他們三人口中不知那個作歌曰：

> 我所居兮，青埂之峯，我所遊兮，鴻濛太空。誰與我逝兮，吾誰與從？渺渺茫茫兮，歸彼大荒。

賈政一面聽着，一面趕去，轉過一小坡倏然不見。賈政已趕得心虛氣喘，驚疑不定。⋯⋯賈政還欲前走，只見白茫茫一片曠野，並無一人。

《紅樓夢》這段章節是中國文學一座巍巍高峰，寶玉光頭赤

足，身披大紅斗篷，在雪地裏向父親賈政辭別，合十四拜，然後隨着一僧一道飄然而去，一聲禪唱，歸彼大荒，「落了片白茫茫大地真乾淨」。《紅樓夢》這個畫龍點睛式的結尾，其意境之高，其意象之美，是中國抒情文學的極品。我們似乎聽到禪唱聲充徹了整個宇宙，《紅樓夢》五色繽紛的錦繡世界，到此驟然消歇，變成白茫茫一片混沌；所有世上七情六慾，所有嗔貪癡愛，都被白雪掩蓋，為之冰消，最後只剩一「空」字。

賈寶玉身上最特殊的徵象

王國維在《人間詞話》中論李後主詞「真所謂以血書者也」，「儼有釋迦、基督擔荷人類罪惡之意。」此處王國維意指後主亡國後之詞，感慨遂深，以一己之痛，道出世人之悲，故譬之為釋迦、基督。這句話，我覺得用在此刻賈寶玉身上，更為恰當。情僧賈寶玉，以大悲之心，替世人擔負了一切「情殤」而去，一片白茫茫大地上只剩下寶玉身上大斗篷的一點紅。然而賈寶玉身上那襲大紅猩猩氈的斗篷又是何其沉重，宛如基督替世人背負的十字架，情僧賈寶玉也為世上所有為情所傷的人扛起了「情」的十字架。最後寶玉出家身上穿的不是褐色袈裟，而是大紅厚重的斗篷，這雪地裏的一點紅，就是全書的玄機所在。

「紅」是《紅樓夢》一書的主要徵象，其涵義豐富複雜，「紅」的首層意義當然指的是「紅塵」，「紅樓」可實指賈府，亦可泛指我們這個塵世。但「紅」的另一面則蘊涵了「情」的象徵，賈寶玉身上最特殊的象徵就是一個「紅」字，因為他本人即是「情」

的化身。寶玉前身為赤霞宮的神瑛侍者，與靈河畔的絳珠仙草緣定三生。「赤」、「絳」都是「紅」的衍化，這本書的男女主角賈寶玉與林黛玉之間的一段生死纏綿的「情」即啟發於「紅」的色彩之中。寶玉周歲抓鬮，專選脂粉，長大了喜歡吃女孩兒唇上的胭脂，寶玉生來有愛紅的癖好，因為他天生就是個情種，所以他住在怡紅院號稱怡紅公子，院裏滿栽海棠，他唱的曲是「滴不盡相思血淚拋紅豆」。「紅」是他的情根。最後情僧賈寶玉披着大紅猩猩氈的斗篷擔負起世上所有的「情殤」，在一片禪唱聲中飄然而去，回歸到青埂峰下，情根所在處。《紅樓夢》收尾這一幕，宇宙蒼茫，超越悲喜，達到一種宗教式的莊嚴肅穆。

《紅樓夢》為一闋史詩式輓歌

生離死別是考驗小說家的兩大課題，於是黛玉之死便成為《紅樓夢》全書書寫中的「警句」了，這也是後四十回悲劇力量至為重要的支撐點，作者當然須經過一番苦心孤詣的鋪陳經營，才達到最後女主角林黛玉淚盡人亡，震撼人心的悲劇效果。

黛玉前身乃靈河岸上三生石畔一棵絳珠仙草，因受神瑛侍者甘露的灌溉，幻化成人形，遊於「離恨天」外，飢餐「祕情果」，渴飲「灌愁水」，為了報答神瑛侍者雨露之恩，故乃下凡把「一生的眼淚還他」。黛玉的前生便集了「情」與「愁」於一身。寶玉第一次見到她：「態生兩靨之愁，嬌襲一身之病。」「閑靜如嬌花照水，行動如弱柳扶風。」是個多愁善感，西子捧心的病美人。黛玉詩才出眾，乃大觀園諸姐妹之冠，孤標傲世，她本

人就是「詩」的化身,「秉絕代之姿容,具稀世之俊美」,因此她特具靈性,對自己的命運分外敏感,常懼蒲柳之姿壽限不長。第二十三回「牡丹亭艷曲警芳心」,黛玉經過梨香院聽到小伶人演唱《牡丹亭》:

原來姹紫嫣紅開遍,似這般都付與斷井頹垣。

只為你如花美眷,似水流年。

黛玉「不覺心動神搖」。「心痛神馳,眼中落淚。」為什麼黛玉聽了《牡丹亭》這幾句戲詞,會有如此強烈反應?因為湯顯祖〈驚夢〉這幾句傷春之詞正好觸動黛玉花無常好,青春難保的感慨情思,因而啟發了第二十七回《葬花詞》自輓詩的形成:

爾今死去儂收葬,未卜儂身何日喪?
儂今葬花人笑癡,他年葬儂知是誰?
試看春殘花漸落,便是紅顏老死時;
一朝春盡紅顏老,花落人亡兩不知。

黛玉輓花──世上最美的事物,不可避免走向凋殘的命運,亦是自輓──紅顏易老,世事無常。

事實上整本《紅樓夢》輓為一闋史詩式的輓歌,哀輓人世枯榮無常之不可挽轉,人生命運起伏之不可預測。《葬花詞》便是這闋輓歌的主調。李後主有詞《烏夜啼》:

林花謝了春紅，太匆匆。

無奈朝來寒雨晚來風。

胭脂淚，留人醉，幾時重？

自是人生長恨水長東！

後主以一己之悲，道出世人之痛，黛玉的《葬花詞》亦如是。

絳珠仙草林黛玉，謫落人間是為了還淚，當然也就是來還神瑛侍者賈寶玉的無生情債。寶、黛之情超越一般男女，是心靈的契合，是神魂的交融，是一段仙緣，是一則愛情神話。

可是在現實世界中，林黛玉卻是一個孤女，因賈母憐惜外孫女，接入賈府。黛玉在自己家中本來也是唯我獨尊的嬌女，一旦寄人籬下，不得不步步留心，處處提防，生怕落人褒貶，又因生性孤傲，率直天真，有時不免講話尖刻，出口傷人，在大觀園裏其實處境相當孤立。

黛玉對寶玉一往情深，林妹妹一心一意都在表哥身上，但滿腹纏綿情思又無法啟口，只得時時耍小性兒試探寶玉。小兒女試來試去，終於在第三十四回「情中情因情感妹妹　錯裏錯以錯勸哥哥」，兩人真情畢露：

寶玉因與蔣玉菡交往又因金釧兒投井，被賈政痛撻，傷痕累累，黛玉去探視，「兩個眼睛腫得桃兒一般，滿面淚光。」晚上寶玉遣晴雯送兩條舊手帕給黛玉，黛玉猛然體會到寶玉送她舊手帕的深意，不覺「神痴心醉」，左思右想，一時「五內沸然」，「餘意纏綿」在兩塊手帕上寫下了三首情詩，吐露出她最隱祕的心事：

其一

眼空蓄淚淚空垂，暗灑閑拋更向誰？
尺幅鮫綃勞惠贈，為君那得不傷悲！

其二

拋珠滾玉只偷潛，鎮日無心鎮日閑；
枕上袖邊難拂拭，任他點點與斑斑。

其三

彩線難收面上珠，湘江舊跡已模糊；
窗前亦有千竿竹，不識香痕漬也無？

寫完，黛玉「覺得渾身火熱，面上作燒，走至鏡台，揭起錦袱一照，只見腮上通紅，真合壓倒桃花，卻不知病由此起」。黛玉的病其實是因為她那薄弱的身子，實在無法承受她跟寶玉之間「情」的負荷。黛玉最敏感，也最容易受到「情」的斲傷。

黛玉與寶玉雖然情投意合，但當時中國社會婚嫁全由家中長輩父母作主，黛玉是孤女，沒有父母撐腰，對於自己的婚姻前途，是否能與寶玉兩人百年好合，一直忐忑不安，耿耿於懷，釀成她最重的「心病」。寶玉了解她，安慰她道：「你皆因都是不放心的緣故，才弄了一身的病了。」但寶、黛婚事卻由不得這一對

情侶自己作主。最後賈府最高權威賈母選擇了寶釵而不是黛玉作為賈府的孫媳婦，完全基於理性考慮，因為寶釵最適合儒家系統宗法社會賈府中那個孫媳婦的位置，寶釵是儒家禮教下的理想女性，賈母選中這個戴金鎖、服冷香丸的媳婦，當然是希望她能撐起賈府的重擔，就像她自己在賈府扮演的角色。

> 林丫頭的乖僻，雖也是他的好處，我的心裏不把林丫頭配給他（寶玉），也是為這點子；況且林丫頭這樣虛弱恐不是有壽的。只有寶丫頭最妥。

賈母在第九十回如此評論。

第八十二回「病瀟湘痴魂驚惡夢」，黛玉這場惡夢是《紅樓夢》後四十回寫得最驚心動魄的場景之一。在夢中，黛玉突然看清楚了自己孤立無助的處境：賈府長輩們要把黛玉嫁出去當續弦，黛玉四處求告無門，只得去抱住賈母的腿哭求，「但見賈母呆着臉兒笑道『這不干我的事』。」黛玉撞在賈母懷裏還要求救，賈母吩咐鴛鴦：「你來送姑娘出去歇歇，我倒被他鬧乏了。」一瞬間黛玉了悟到：「外祖母與舅母姐妹們，平時何等待得好，可見都是假的。」

最後黛玉去見寶玉，寶玉為表真心，當着黛玉，「就拿着一把小刀子往胸上一劃，鮮血直流。」黛玉嚇得魂飛魄散，寶玉「還把手在劃開的地方兒亂抓」，然後大叫「不好了！我的心沒有了，活不得了！」說着，眼睛往上一翻，「咕咚」就倒了，黛玉驚醒後，開始嘔血：「痰中一縷紫血，簌簌亂跳。」

這場夢魘完全合乎佛洛伊德潛意識的運作，現代心理學的闡釋，黛玉在潛意識裏，剖開了她的心病看清楚賈母對待她的真面孔，她一直要寶玉的真心，寶玉果然劃開胸膛，把心血淋淋掏出來給她。自此後，黛玉的病體日愈虛弱惡化，終於淚盡人亡。

草蛇灰線，伏脈千里的妙筆

黛玉之死是《紅樓夢》另一條重要主線，作者從頭到尾明示暗示，許多關鍵環節，一場接一場，一浪翻一浪，都指向黛玉最後悲慘的結局。可是真正寫到黛玉臨終的一刻，作者須煞費苦心將前面累積的能量，全部釋放出來才能達到震撼人心的效果，一如寶玉出家之精心鋪排。黛玉之死，過份描寫，容易濫情，下筆太輕，又達不到悲劇的力量，如何拿捏分寸，考驗作者功力。第九十七回「林黛玉焚稿斷痴情　薛寶釵出閨成大禮」，第九十八回「苦絳珠魂歸離恨天　病神瑛淚灑相思地」，這兩回作者精彩的描寫，巧妙的安排，情緒的收放，氣氛的營造，步步推向高峰，應該成為小說「死別」書寫的典範。

黛玉得知寶玉即將娶寶釵，一時急怒，迷惑了本性，吐血暈倒，醒來後，「此時反不傷心，惟求速死，以完此債」。多年的「心病」，一旦暴發，黛玉一生的夢想、一生的追求、一生的執着，就是一個「情」字，她與寶玉之間的「情」，一旦失落，黛玉的生命頓時一空，完全失去了意義。以往黛玉生病，「自賈母起直到姐妹們的下人，常來問候，今見賈府中上下人等，連一個問的人都沒有，睜開眼，只有紫鵑一人，自料萬無生理。」黛玉

掙扎起身，叫雪雁把詩本子拿出來，又要那塊題詩的舊帕：

> 只見黛玉接到手裏也不瞧，扎掙着伸出那隻手來，狠命的撕那絹子，卻只有打顫的分兒，那裏撕得動？紫鵑早已知她是恨寶玉，卻也不敢說破，只說：「姑娘，何苦自己又生氣？」黛玉微微的點頭，便掖在袖裏。說叫「點燈！」

點了燈又要籠上火盆，還要挪到炕上來：

> 那黛玉卻又把身子欠起，紫鵑只得兩隻手來扶着她。黛玉這才將方才的絹子拿在手中，瞅着那火，點點頭兒，往上一撂。

隨着黛玉把詩稿也撂在火上，一併焚燒掉。

題詩的手帕，寶玉曾經用過，是寶玉送給黛玉的定情物，因是寶玉的舊物，也是寶玉身體的一部分，上面黛玉題詩寫下她心中最隱祕的情思，滴滿了絳珠仙子的情淚，也是黛玉身體的一部分，染淚手帕象徵了寶、黛二人最親密的結合，黛玉斷然將題詩手帕焚毀，也就是燒掉了寶、黛兩人纏綿不休的一段癡情，染淚手帕首次出現在第三十四回，隔了六十三回後在此處發揮了巨大的力量，是作者曹雪芹草蛇灰線，伏脈千里的妙筆。

黛玉是詩的化身，是「詩魂」，第七十六回中秋夜黛玉與湘雲在凹晶館聯詩，黛玉詠了一句讖詩：「冷月葬詩魂。」黛玉焚

稿，也就是自焚。燒掉染淚手帕，是焚毀身體信物，燒掉詩稿，是焚毀靈魂、詩魂，黛玉如此決絕斬斷情根，自我毀滅，此一刻，黛玉不再是一個弱柳扶風的病美人，而是一個剛烈如火的殉情女子。黛玉之死，自有其悲壯的一面。黛玉臨終時交代紫鵑：「我這裏並沒有親人，我的身子是乾淨的，你好歹叫他們送我回去！」至此，黛玉保持了她的最後尊嚴，與賈府了斷一切俗緣。

　　寶玉跟黛玉的性格行為，都不符合儒家系統宗法社會的道德規範，可以說兩人都是儒家社會的「叛徒」，注定只能以悲劇收場，一個出家，一個為情而亡，應了第五回太虛幻境裏對他們情緣的一曲判詞《枉凝眉》：

　　一個是閬苑仙葩，一個是美玉無瑕。
　　若說沒奇緣，今生又偏遇着他；
　　若說有奇緣，如何心事終虛化？
　　一個枉自嗟呀，一個空勞牽掛，
　　一個是水中月，一個是鏡中花。
　　想眼中能有多少淚珠兒，
　　怎禁得秋流到冬，春流到夏。

　　寶、黛之情，終究是鏡花水月，一場空話。
　　《紅樓夢》後四十回，因為寶玉出家，黛玉之死這兩則關鍵章節寫得遼闊蒼茫，哀惋悽愴，雙峰並起，把整本小說提高昇華，感動了世世代代的讀者。其實後四十回還有許多其他亮點，例如第八十七回「感秋聲撫琴悲往事」，妙玉、寶玉聽琴；第

一百零五回「錦衣軍查抄寧國府」，賈府抄家；第一百零六回「賈太君禱天消禍患」，賈母祈天；第一百零八回「死纏綿瀟湘聞鬼哭」，寶玉淚灑瀟湘館——在在都是好文章。

程偉元有幸，蒐集到曹雪芹《紅樓夢》後四十回遺稿，與高鶚共同修補，於乾隆五十六年（公元一七九一年）及乾隆五十七年（公元一七九二年）刻印了《紅樓夢》一百二十回全本，中國最偉大的小說得以保存全貌，程偉元與高鶚對中國文學、中國文化，做出了莫大的貢獻，功不可沒。

賈寶玉的俗緣：蔣玉菡與花襲人
—— 兼論《紅樓夢》的結局意義[1]

《紅樓夢》中賈寶玉有句名言：「女兒是水作的骨肉，男人是泥作的骨肉。」寶玉見了女兒便清爽，見了男人便覺濁臭逼人。然而《紅樓夢》中有四位男性 —— 北靜王、秦鐘、柳湘蓮、蔣玉菡，寶玉並不做如是觀。這四位男性角色對寶玉的命運直接、間接都有影響或提示作用。四位男性於貌則俊美秀麗，於性則脫俗不羈，而其中以蔣玉菡與賈寶玉之間的關係最是微妙複雜，其涵義可能影響到對《紅樓夢》結局的詮釋。

《紅樓夢》第五回「賈寶玉神遊太虛境」，窺見「金陵十二釵又副冊」中有詩寫道：

> 枉自溫柔和順，空云似桂如蘭。堪羨優伶有福，誰知公子無緣。

此詩影射花襲人一生命運，其中「優伶」即指蔣玉菡，可見第一百二十回最後蔣玉菡迎娶花襲人代寶玉受世俗之福的結局，作者早已安排埋下伏筆，而且在全書發展中，這條重要線索，作者時時在意，引申敷陳。第二十八回「蔣玉菡情贈茜香羅　薛寶

1　原文載於《聯合文學》，第十五期，一九八六年一月，轉引自《白先勇細說紅樓夢》，台北：時報文化出版企業股份有限公司，二〇一六年，頁一〇一八至一〇二八。由奚淞整理。

釵羞籠紅麝串」，馮紫英設宴，賈寶玉與蔣玉菡初次相見，席上行酒令，蔣玉菡手執木樨吟道：「花氣襲人知晝暖。」彼時蔣玉菡並不知有襲人其人，而無意間卻道中了襲人名字，冥冥中二人緣分由此而結。少刻，寶玉出席，蔣玉菡尾隨，二人彼此傾慕，互贈汗巾，以為表記。寶玉贈給蔣玉菡的那條松花汗巾原屬襲人所有，而蔣玉菡所贈的那條「血點似的大紅汗巾子」，夜間寶玉卻悄悄繫到了襲人的身上。蔣玉菡的大紅汗巾乃茜香國女國王所貢之物，為北靜王所賜，名貴非常。寶玉此舉，在象徵意義上，等於替襲人接受聘禮，將襲人終身託付給蔣玉菡。第一百二十回結尾篇，花襲人含悲出嫁，次日開箱，姑爺見猩紅汗巾，乃知是寶玉丫頭襲人，而襲人見姑爺的松花綠汗巾，乃知是寶玉摯友蔣玉菡，紅綠汗巾二度相合，成就一段好姻緣。而促成這段良緣者，正是寶玉本人。

　　襲人在《紅樓夢》這本小說以及在寶玉心目中都極佔分量，而寶玉卻將如此重要的身邊人託付給蔣玉菡。《紅樓夢》眾多角色，作者為何獨將此大事交託蔣玉菡，實在值得深究。蔣玉菡原為忠順親王府中忠順王駕前所蓄養的優伶，社會地位不高，在小說中出場次數不多，而作者卻偏偏對這樣一個卑微角色，命名許以「玉」字，此中暗藏玄機。《紅樓夢》作者對角色命名「玉」字絕不輕易賜予，小紅本名紅玉，因為犯寶玉之名而更改，即是一例。玉是《紅樓夢》中最重要的象徵，論者早已著書討論，在眾多複雜的詮釋中，玉至少象徵人的性靈、慧根、本質等意義，已是毋庸懷疑，而小說人物中，名字中凡含有「玉」字者，與寶玉這塊女媧頑石通靈寶玉，都有一種特殊緣分，深具寓意。

除了寶玉以外，《紅樓夢》中還有其他四塊玉。首先是黛玉，寶、黛二玉結的是一段「仙緣」，是神瑛侍者與絳珠仙草的愛情神話，也是一則最美的還淚故事。寶玉和黛玉之間的愛情乃是性靈之愛，純屬一種美的契合，因此二人常有相知、同類之感。黛玉是寶玉靈的投射，宜乎二人不能成婚發生肉體關係，唯有等到絳珠仙草淚盡人亡魂歸離恨天後，神瑛侍者才回轉太虛幻境，與絳珠仙草重續仙緣。第二塊玉是妙玉，有人猜測寶玉與妙玉之間，情愫曖昧。事實上寶玉與妙玉的關係在《紅樓夢》的主題命意及文學結構上都有形而上的涵義。妙玉自稱「檻外人」，意味已經超脫俗塵，置身化外。而寶玉為「檻內人」，尚在塵世中耽溺浮沉。而結果適得其反，寶玉終於跨出檻外，修成正果，而妙玉卻墮入淖泥，終遭大劫。寶玉與妙玉的關係是身份的互調，檻外與檻內的轉換，是一種帶有反諷性的「佛緣」。妙玉目空一切，孤癖太過，連村嫗劉姥姥尚不能容，宜乎佛門難入。而寶玉心懷慈悲，廣愛眾生，所以終能成佛。

　　《紅樓夢》男性角色名字中含有玉者，尚有甄寶玉與蔣玉菡。甄寶玉僅為一寓言式的人物，是《紅樓夢》中「真」、「假」主題的反觀角色，甄寶玉貌似賈寶玉，卻熱衷功名，與賈寶玉的天性本質恰恰相反。作者創造甄寶玉這個角色，亦有反諷之意。《紅樓夢》作者的人物設計，常用次要角色陪襯、反襯主要角色，例如晴雯、齡官陪襯黛玉，二人是黛玉的伸延、投影。寶玉這個角色除了甄寶玉、妙玉用以反襯以外，另外一位名字帶玉的男性角色蔣玉菡對寶玉更具深意。如果寶玉與黛玉所結的是一段「仙緣」，與妙玉是「佛緣」，那麼寶玉與蔣玉菡之間就是一段「俗

緣」了。在《紅樓夢》眾多男性角色中，寶玉與蔣玉菡的俗緣最深——寶玉與賈政的俗緣僅止於父子，親而不近。寶玉與蔣玉菡的特殊關係具有兩層意義：首先是寶玉與蔣玉菡之間的同性之愛，其次是蔣玉菡與花襲人在《紅樓夢》結局時的俗世姻緣，而此二者之間又有相當複雜的關聯。

第二十八回「蔣玉菡情贈茜香羅」，寶玉與蔣玉菡初次見面即惺惺相惜，互贈表記。第三十三回「不肖種種大承笞撻」，忠順親王府派長史官到賈府向賈政索人，原因是忠順王府裏的優伶琪官（蔣玉菡）失蹤，「這一城內，十停人倒有八停人都說，他近日和銜玉的那位令郎相與甚厚」，長府官並指出證據——寶玉腰所繫之茜香羅。寶玉無法隱飾，只得承認蔣玉菡私自逃離忠順親王府，在離城外二十里紫檀堡置買房舍。二十八回寶玉與蔣玉菡見面互相表贈私物之後，至三十三回以前，兩人「相與甚厚」的情節書中毫無交代，而三十三回由寶玉的招認，顯現二人早已過往甚密，蔣玉菡似乎是為了寶玉而逃離忠順王府，在紫檀堡置買房舍的。以《紅樓夢》作者如此縝密的心思，不應在情節上有此重大遺漏，不知是否被後人刪除，尚待紅學專家來解答這個疑問。但三十三回已經說明，寶玉與蔣玉菡之間確實已發生過親密的同性之愛。而寶玉因此被賈政大加笞撻，以致遍體鱗傷。一方面來看，固然是寶玉私會優伶的行為，是儒家禮教所不容，從另一個角度來看，這也象徵寶玉與蔣玉菡締結「俗緣」，寶玉承受世俗後，他的俗體肉身所必須承擔的苦痛及殘傷。書中，寶玉為黛玉承受精神性靈上最大的痛苦，為蔣玉菡卻擔負了俗身肉體上最大的創傷。就同性戀的特質而言，同性間的戀愛是從另外一個

個體身上尋找一個「自己」（Self），一個「同體」，有別於異性戀，是尋找一個異「己」（Other），一個「異體」。如希臘神話中的納西瑟斯，愛戀上自己水中倒影，即是尋求一種同體之愛。賈寶玉和蔣玉菡這兩塊玉的愛情，是基於深刻的認同，蔣玉菡猶之於寶玉水中的倒影，寶玉另外一個「自我」，一個世俗的化身。第九十三回，寶玉與蔣玉菡在臨安伯府再度重逢，在寶玉眼裏，蔣玉菡「鮮潤如出水芙渠，飄揚似臨風玉樹」，此兩句話除形容蔣玉菡神貌俊美外，又具深意。「蔣玉菡」之「菡」字，菡萏、芙渠，都為荷花、蓮花別名。寶玉最後削髮為僧，佛身升天。荷花、蓮花象徵佛身的化身，因此，寶玉的「佛身」雖然升天，他的世俗分身，卻附在了「玉菡」上，最後替他完成俗願，迎娶襲人。佛經有云：「自性具三身，一者法身，二者圓滿報身，三者千百億化身。」蔣玉菡當為寶玉「千百億化身」之一。

　　同回描述蔣玉菡至臨安伯府唱戲，他已升為領班，改唱小生，「他也攢了好幾個錢，家裏已經有兩三個鋪子。」府裏有人議論，有的說：「想必成了家了。」有的說：「親還沒有定。他倒拿定一個主意：說是人生婚配，關係一生一世的事，不是混鬧得的，不論尊卑貴賤，總要配的上他的才能。所以到如今還並沒娶親。」寶玉聽到，心中如此感想：「不知日後誰家的女孩兒嫁他？要嫁着這麼樣的人才兒，也算是不辜負了。」後來蔣玉菡唱他的拿手戲《佔花魁》，九十三回如此敍述：「果然蔣玉菡扮了秦小官，服侍花魁醉後神情，把那一種憐香惜玉的意思，做得極情盡致。以後對飲對唱，纏綿繾綣。寶玉這時不看花魁，只把兩隻眼睛獨射在秦小官身上。更加蔣玉菡聲音響亮，口齒清楚，按腔落板，

寶玉的神魂都唱的飄蕩了。直等這齣戲煞場後，更知蔣玉菡是情種，非尋常戲子可比⋯⋯」

《紅樓夢》作者善用「戲中戲」的手法來點題，但紅學家一般都着重在十八回元春回家省親，她所點的四齣戲上——《豪宴》、《乞巧》、《仙緣》、《離魂》。因為脂本在這四齣戲下曾加評語，認為元妃「所點之戲，伏四事，乃通書之大過節，大關鍵」。這四齣戲出自《一捧雪》——伏賈家之敗，《長生殿》——伏元妃之死，《邯鄲夢》——伏甄寶玉送玉（俞大綱先生認為《仙緣》影射賈府抄家，寶玉悟道，更為合理），《牡丹亭》——伏黛玉之死。這幾齣戲暗示賈府及其主要人物之命運固然重要，但我認為九十三回蔣玉菡扮演之《佔花魁》對《紅樓夢》之主題意義及其結局具有更深刻的涵義。此處涵義可分二層，首先，中國所有的愛情故事中，恐怕《醒世恆言》中的小說〈賣油郎獨佔花魁〉中秦小官對花魁女憐香惜玉的境界最接近賈寶玉的理想。出身貧苦天性淳厚的賣油郎秦重，因仰慕名妓花魁娘子，不惜節衣省食，積得十兩銀子，到院中尋美娘（花魁的妓名）欲親芳澤，未料是夜花魁宴歸，大醉睡倒，小說如此描寫秦小官伺候花魁女：

> 酒醉之人，必然怕冷，又不敢驚醒她。忽見欄杆上又放着一床大紅紵絲的棉被，輕輕的取下，蓋在美娘身上，把燈挑得亮亮的。取了這壺茶，脫鞋上床。挨在美娘身邊，左手抱着茶壺在懷，右手搭在美娘身上，眼也不敢閉一閉⋯⋯

等到花魁真的嘔吐了，他怕污了被窩，就讓她吐在自己新上身的衣袍袖子裏，整理了醃臢酒吐後，「依然上床，擁抱似初」，直到天明，秦小官並未輕薄花魁女。秦重對花魁這種由愛生憐之情，張淑香女士認為近乎宗教愛，秦重以自己身上的衣物去承受花魁吐出的穢物，這個動作實含有宗教式救贖的意義，包納對方的不潔，然後替她洗淨 —— 花魁乃一賣身妓女，必遭塵世污染。而賈寶玉本人在七十七回「俏丫鬟抱屈夭風流」中，面對奄奄一息的晴雯，亦是滿懷悲憫，無限憐惜，恨不得以身相替；四十四回「喜出望外平兒理妝」，平兒被鳳姐錯打後，寶玉能為她稍盡心意，意感「喜出望外」；寶玉前世本為神瑛侍者，在靈河畔守護絳珠仙草，細心灌溉，使之不萎。歷劫後墮入凡塵，在大觀園內，寶玉仍以護花使者自居，他最高的理想便是守護愛惜大觀園中的百花芳草（眾女兒），不讓她們受到無情風雨的摧殘。寶玉自己本為多情種子，難怪他觀看蔣玉菡扮演秦重，服侍花魁，「憐香惜玉」、「纏綿繾綣」，會感到「神魂飄蕩」，而稱蔣玉菡為「情種」了。「秦重」與「情種」諧音，因此，《佔花魁》中的賣油郎秦重亦為「情種」的象徵。賈寶玉跟蔣玉菡不僅在形貌上相似，在精神上也完全認同，因為蔣玉菡扮演的角色秦重 —— 情種，也正是寶玉要扮演的。賈寶玉與蔣玉菡這兩塊玉可以說神與貌都是合而為一的。

　　《佔花魁》這齣戲對《紅樓夢》的結局有更深一層的涵義，因為這齣戲亦暗伏蔣玉菡與襲人的命運結局，襲人姓花，並非偶然，在某種意義上，花襲人的命運與花魁女亦相似，寶玉出家，賈府敗落，襲人妾身未明，她的前途也不會好，鴛鴦為眾丫鬟之

首尚不得善終，襲人的命運更不可卜。賣油郎秦重最後將花魁女救出煙花火坑，結為夫婦，《紅樓夢》結尾時，蔣玉菡亦扮演秦重的角色將花襲人——花魁女，救出賈府，完成良緣——這，也是寶玉的心願，他在第二十八回「蔣玉菡情贈茜香羅」，早已替二人下了聘。事實上寶玉在俗世間，牽掛最深、俗緣最重的是襲人而不是旁人。一般論者把《紅樓夢》當作愛情故事來看，往往偏重寶玉——黛玉——寶釵的三角關係，其實寶玉——蔣玉菡——花襲人三人的一段世俗愛情可能更完滿，更近人情。前文已論及寶玉與黛玉的木石前盟是一段「仙緣」，一段神瑛侍者與絳珠仙草的愛情神話，黛玉早夭，淚盡人亡，二人始終未能肉身結合。而寶釵嫁給寶玉時，寶玉失玉，失去了本性，已經變成痴人。書中唯一一次敍述二人行夫妻之禮，寶玉只是抱着補過之心，勉強行事，兩人除卻夫妻倫常的關係，已無世俗之情——寶玉不久便勘破世情，悟道出家了。而事實上，在《紅樓夢》眾多女性中，真正獲得寶玉肉體俗身的只有襲人，因為早在第六回寶玉以童貞之身已與襲人初試雲雨了，襲人可以說是寶玉在塵世上第一個結俗緣的女性。襲人服侍寶玉，呵護管教，無微不至，猶之於寶玉的母、姐、婢、妾——俗世中一切女性的角色，襲人莫不扮演。二人之親近，非他人可比。王夫人、薛寶釵在名分上雖為寶玉母、妻，但同為親而不近。襲人，可以說替寶玉承受了一切世俗的負擔。三十回結尾，寶玉第一次發怒動粗，無意中所踢傷的，竟是他最鍾愛的襲人，踢得她「肋上青了碗大的一塊」，以致口吐鮮血。寶玉與蔣玉菡結俗緣，為他被打得遍體鱗傷，而襲人受創，也是因為她與寶玉俗緣的牽扯所必須付出的代價。

一百一十七回「阻超凡佳人雙護玉」，無怪乎襲人得知寶玉要將他那塊失而復得的通靈寶玉還給和尚 —— 還玉便是獻身於佛之意 —— 她急得不顧死活搶前拉扯住寶玉，不放他走，無論寶玉用力摔打，用手來掰開襲人的手，襲人猶忍痛不放，與寶玉糾纏不已。二人俗緣的牽絆，由此可見。最後寶玉出家，消息傳來，「寶釵雖是痛哭，他那端莊樣兒，一點不走。」而襲人早已心痛難耐，昏厥不起。寶玉出家，了卻塵緣，他報答父母的，是中舉功名，償還妻子寶釵的，是一個兒子，完成傳宗接代的使命。那麼，他留給花襲人的是什麼呢？一個丈夫。蔣玉菡與花襲人結為夫婦，便是寶玉在塵世間俗緣最後的了結。

　　一部小說的結尾，最後的重大情節，往往是作者畫龍點睛，點明主題的一刻。一般論者皆認為第一百二十回寶玉出家是《紅樓夢》的最後結局，亦即是說佛道的出世哲學得到最後勝利，因而有人作出結論 ——《紅樓夢》打破了中國傳統小說大團圓的格式，達到西方式的悲劇效果。這本小說除了第一回「甄士隱夢幻識通靈　賈雨村風塵懷閨秀」到第一百二十回「甄士隱詳說太虛情　賈雨村歸結紅樓夢」，開場與收尾由甄士隱與賈雨村這兩個寓言式的人物「真」「假」相逢，儒道互較，作為此書之楔子及煞尾外，其寫實架構最後一節其實是蔣玉菡迎娶花襲人，此節接在寶玉出家後面，實具深意。一方面寶玉削髮出家，由一僧一道夾着飄然而去，寶玉的佛身升天，歸彼大荒，歸於青埂峰下。而他的俗身，卻化在蔣玉菡和花襲人身上 —— 二人都承受過寶玉的俗緣，受過他肉體俗身的沾潤 —— 寶玉的俗體因而一分為二，借着蔣玉菡與花襲人的姻緣，在人間得到圓滿的結合。寶玉能夠

同時包容蔣玉菡與花襲人這一對男女，其實也是因他具有佛性使然。佛性超越人性——他本身即兼有雙性特徵——本無男女之分，觀世音菩薩，便曾經過男女體的轉化。寶玉先前對秦氏姐弟秦可卿、秦鐘的愛戀，亦為同一情愫。秦可卿——更確切地說是秦氏在太虛幻境中的替身警幻仙姑之妹兼美——以及秦鐘，正是引發寶玉對女性及男性發情的人物，而二人姓秦（情）又是同胞，當然具有深意，二人實是「情」之一體兩面。有了兼美的引發在先，乃有寶玉與襲人的雲雨之情，有了秦鐘與寶玉之兩情繾綣，乃有蔣玉菡與寶玉的俗緣締結。秦鐘與賣油郎秦重都屬同號人物，都是「情種」——也就是蔣玉菡及寶玉認同及扮演的角色。

因此，我認為寶玉出家，佛身升天，與蔣玉菡、花襲人結為連理，寶玉俗緣最後了結——此二者在《紅樓夢》的結局佔同樣的重要地位，二者相輔相成，可能更近乎中國人的人生哲學，佛家與儒家、出世與入世並存不悖。事實上最後甄士隱與賈雨村——道士與書生——再度重逢，各說各話，互不干犯，終究分道揚鑣。《紅樓夢》的偉大處即在此，天上人間，淨土紅塵，無所不容。如果僅看到寶玉削髮出家，則只看到《紅樓夢》的一半，另一半則借下一節結尾時，有了新的開始。

作者借着蔣玉菡與花襲人完滿結合，完成畫龍點睛的一筆。這屬於世俗的一半，是會永遠存在的。女媧煉石，固然情天難補，但人世間又何嘗沒有其破鏡重圓之時。一悲一喜，有圓有缺，才是真正的人生。蔣玉菡與花襲人最後替賈寶玉完成俗緣俗願，對全書產生重大的平衡作用——如果這個結局不重要，作者也不會煞費心機在全書中埋下重重伏筆了。

事實上以《紅樓夢》作者博大的心胸未必滿足於小乘佛法獨善其身的出世哲學。寶玉滿懷悲憫落髮為僧，斬斷塵緣，出家成佛，但大乘佛法菩薩仍須停留人間普度眾生。蔣玉菡最後將花襲人迎出賈府，結成夫妻，亦可說是作者普度眾生悲願的完成吧。這又要回到《佔花魁》這齣戲對全書的重要涵義了。前述〈賣油郎獨佔花魁〉，秦重對花魁女憐香惜玉的故事近乎宗教式的救贖，作者挑選這一齣戲來點題絕非偶然，這不只是一則妓女贖身的故事，秦小官至情至性以新衣承花魁女醉後的穢吐，實則是人性上的救贖之舉。秦小官以至情感動花魁女，將她救出煙花，同樣的，蔣玉菡以寶玉俗世化身的身份，救贖了花襲人，二人俗緣，圓滿結合，至少補償了寶玉出家留下人間的一部分憾恨。佛教傳入中土，大乘佛法發揚光大，而大乘佛法入世救贖，普度眾生的精神，正合乎中國人積極入世的人生觀。

第三輯

劉再復論《紅樓夢》

天上的星辰，地上的《紅樓夢》[1]

一

人民日報《環球人物》雜誌社和九州出版社，兩家聯合重印程乙本《紅樓夢》（姑且稱為聯合版吧），是個很好的消息。我喜歡一百二十回的程乙本。先前我感悟與講述《紅樓夢》，也常依據以程乙本為底本的校注本（有時也依據以程甲本為底本的排印本）。

喜愛《紅樓夢》的人，都知道《紅樓夢》的版本有兩大脈絡。一是「脂本」脈絡。所謂脂本，是指流行於乾隆十九年（公元一七五四年）至五十六年（公元一七九一年）間的八十回抄本，因附有脂硯齋（曹雪芹的友人或親人）的眉批，所以稱作「脂本」。現在可以知道的脂批《石頭記》抄本就有十種以上，包括甲戌本、庚辰本、己卯本、《紅樓夢稿》本、戚序本（戚蓼生序）、舒序本（舒元煒序）、夢序本（夢覺主人序）、蒙府本（蒙古王府）、靖藏本（南京靖應鵾，已遺失。）、列藏本（列寧格勒）及南京圖書館藏本、鄭振鐸藏本等。二是「程本」脈絡，也可稱作「程高本」脈絡。程即程偉元，高即高鶚。全書一百二十回，由程偉元於乾隆五十六年（公元一七九一年）初次以活字排印，

<hr>

[1] 原文載於《上海文學》，二○一八年第一期，頁一○二至一○八。篇名為〈天上星辰，地上的《紅樓夢》〉。

簡稱程甲本。第二年又用活字排印修訂稿，通稱程乙本。「程本」因為有高鶚的四十回續書，變成一百二十回。也因為有了續書，《紅樓夢》的故事便呈現出完整形態。因此，後來各種一百二十回的《紅樓夢》版本，均以程甲、乙兩本為基礎，甚至署名為曹雪芹、高鶚著。高鶚其人（公元一七三八年—公元一八一五年），字蘭墅，別署「紅樓外史」，漢軍鑲黃旗人，乾隆六十年（公元一七九五年）進士，官至翰林院侍讀。關於高鶚續寫的《紅樓夢》後四十回，歷來爭議很大。有的認為，後四十回大體上是曹雪芹散失的遺稿，根本說不上「續」，頂多算是「整理」；有人認為，紅樓續書的藝術水平與原書（前八十回）相差太遠，高鶚的續寫不僅無功，而且有罪：糟蹋了原著。也有人認為，《紅樓夢》的續書很多，唯有高鶚的續寫抵達原著水平，並使《紅樓夢》形成完整結構，其功不可沒。面對紛紛的眾說，我從未作過褒此抑彼的判斷，只維護「一部紅樓，各自表述」的自由權利。然而，今天我則要表明：一，我相信程偉元序文裏說的話是真話。他說：「……然原本目錄一百二十卷……，爰為竭力搜羅，自藏書家甚至故紙堆中，無不留心。數年以來，僅積有二十餘卷。一日，偶於鼓擔上得十餘卷，遂重價購之。……然漶漫不可收拾，乃同友人細加釐剔，截長補短，鈔成全部，復為鐫板以公同好。《石頭記》全書至是始告成矣。」相信此言，意味着：《石頭記》八十回抄本之後還有遺稿，但散失於民間。程、高二人先是做了搜羅工作，後又做了「整理」、「剪裁」、「鈔寫」等工作。後一項工作，用今天的語言表述，便是「續編」與「續寫」。總之，沒有程偉元與高鶚的重整、重編、補全，就沒有今天完整的一百二十

白先勇╳劉再復
紅樓夢對話錄

回《紅樓夢》全書。除了相信程序所言之外，二，我相信程、高二人對散失佚稿的「搜」、「剔」、「截」、「補」，不僅是個「續編」過程，也是一個「續寫」過程。因此，說《紅樓夢》全書，「前八十回為曹雪芹原著，後四十四為高鶚續書」之說，可以成立。基於此，我不僅要以鮮明的態度肯定高鶚的續編續寫之功，而且認為，這是人類文學創作史上的一種奇觀。

儘管我和先勇兄對《紅樓夢》的閱讀方法與認知方法有所不同（大約是微觀文本細讀與宏觀精神把握的差異），但對高鶚續書的看法則十分相近。我缺少先勇兄的創作才華與書寫敏感，但也深知高鶚實在不簡單。我早就認同林語堂先生對續書的肯定，[2]但直到今天，才得以充分表述。《紅樓夢》問世之後續書很多。據我曾寄寓的文學研究所老研究員孫楷第先生的查考，《紅樓夢》續書就有《後紅樓夢三十回》、《續紅樓夢三十卷》、《續紅樓夢四十卷》、《綺樓重夢四十八回》、《紅樓重夢》、《紅樓復夢一百回》、《紅樓圓夢三十回》、《紅樓夢補三十二回》、《紅樓幻夢二十回》、《紅樓夢別二十四回》、《紅樓後夢》、《紅樓再夢》等。而一栗先生（《紅樓夢資料匯編》編者）則列出更多書目：《後紅樓夢》、《續紅樓夢》、《綺樓重夢》、《紅樓復夢》、《紅樓圓夢》、《紅樓夢補》、《補紅樓夢》、《增補紅樓夢》、《紅樓幻夢》、《新石頭記》、《紅樓殘夢》、《紅樓餘夢》、《紅樓真夢》、《紅樓夢別本》、《新續紅樓夢》、《紅樓三夢》、《紅樓後夢》、《紅樓再夢》、

---

2   林語堂：《平心論高鶚》，台北：傳記文學出版社，一九六九年。

《紅樓續夢》、《再續紅樓夢》、《三續紅樓夢》、《紅樓補夢》、《紅樓夢醒》、《疑紅樓夢》、《疑疑紅樓夢》、《大紅樓夢》、《紅樓翻夢》、《紅樓二尤》、《娬嬋將軍》、《林黛玉筆記》等。而依據《紅樓夢》所改編的各種戲曲，更是多得難以計數。但是眾多續書，能經得起時間（歷史）篩選和讀者篩選的，唯有高鶚續作（或續編）的四十回作品。

二

我不僅不是紅學家，而且不把《紅樓夢》作為研究對象（只作為心靈感應、感悟對象和欣賞對象）。也就是說，對於《紅樓夢》，我不作主客分離的邏輯分析，只由主體（接受主體與對象主體）去作感受。總之，我是享受《紅樓夢》的大眾的一員，而不是辛苦查考鑽研《紅樓夢》的小眾的一員。相應地，在方法上也只是對前人提供的小說文本和研究成果，再作悟證，不作考證與論證。但對《紅樓夢》問世之後的一切考證與論證我都衷心尊重，用心領會。哪怕像蔡元培先生那種偏頗的考證（證其巨著具有反清復明的民族主義傾向），我也盡可能去理解，絕不輕薄嘲笑。我早已聲明，我講述《紅樓夢》，完全是自身的生命需求，毫無外在目的。如果說有什麼學術「企圖」的話，那也只是想把《紅樓夢》的探索，從考古學與意識形態學拉回文學。所以在講述中，既不設置政治、道德法庭，也不設置考古實證法庭，只確認「審美法庭」，即只作文學閱讀與審美判斷。對於高鶚的續書，我之所以肯定它，敢說它是文學創作史上的「奇觀」，也是

出於審美判斷。所謂審美判斷，既不是獨斷，也不是武斷，而是「詩斷」，即文學判斷。也可以說，既不是考證，也不是論證，而是「詩證」，即藝術鑒賞和藝術鑒定。以往討論高鶚續書時，大都用考證、論證的方法，討論的中心是它的真偽、可否（是否可能，如俞平伯先生早在一九二二年就發表〈論續書底不可能〉[3]）等。這種方法乃是「外證」方法。而我則使用文學批評的「內證」方法，只論美醜與藝術水平，只重文本鑒賞，不在乎文章出自誰的手筆，只要寫得好就可以。從青年時代開始，我一直像王國維、胡適、魯迅那樣，把一百二十回作為一部完備的藝術整體來鑒賞，從未覺得後四十回與前八十回有什麼天淵之別。說句實在話，四十年前我閱讀何其芳作序的人民文學出版社的版本時，還不知道紅學界關於後四十回的續書有那麼大的分歧與爭議。過了若干年，雖明瞭紅學界的爭論焦點，也不喜歡續書中「蘭桂齊芳」和「沐皇恩延世澤」等俗筆，但並不覺得續書有什麼致命傷。此時，我離爭論的雙方都很遠，只是進入純粹的文學閱讀（詩鑒），而且是帶着「原著與續著有何差別」的問題進行閱讀與判斷。讀後鑒後，更是理性地認定，後四十回的續作，其文心（審美大局）與前八十回並無根本不同。也就是說，續書大處站得住腳；小處雖有疏漏但可以原諒。小處的俗筆甚至可稱敗筆的，除了人們常說的「蘭桂齊芳」之外，我還覺得寶玉出走後，又寫了皇上欽賜匾額，追封寶玉為「文妙真人」，實屬「畫蛇添足」，完全沒有

3　俞平伯：《紅樓夢辨‧上卷》，上海：上海書店，一九二三年，頁一至一〇。

必要。所謂真人就無須「文妙」俗號，既是「文妙」，便非真人。我盡可能挑剔高氏續書的瑕疵，但最後還是覺得，魯迅的評價是公平的。他說：「後四十回雖數量止初本之半，而大故迭起。破敗死亡相繼，與所謂『食盡鳥飛獨存白地』者頗符，惟結末又稍振。」[4] 所謂「大故迭起」，意思是說，後四十回情節密集，大事件一椿接一椿，大故事一個接一個：寶釵出閨，金玉合成；黛玉淚盡，焚稿而亡；寶玉思念，痛觸前情；元妃薨逝，賈府抄檢，賈母樹倒，妙玉遭劫，鳳姐病故，甄賈相逢，寶玉出走，或歸大荒，確實是「破敗死亡相繼」，樣樣扣人心弦。而這些大情節，並非杜撰，而是與原著第五回中「白茫茫大地真乾淨」的預言正相呼應。因此，可以說，魯迅所說的「頗符」二字，一字千鈞。如果用魯迅的審美眼睛看「紅樓」，那就應當確認，高氏續書與曹氏原著的大思路相符合。續書中的某些微觀俗筆，到底無法否認高鶚宏觀上的真墨健筆。

我說高氏續書「大處站得住腳」，乃是指它的兩個「大處」即兩大結局：一是悲劇結局；二是形而上結局。林黛玉淚盡而亡，賈寶玉離家出走，這都是大結局，而且都是悲劇大結局。王國維的《紅樓夢評論》對此讚道：「紅樓夢書，與一切喜劇相反，徹頭徹尾之悲劇也。……吾國之文學，以挾樂天之精神故，故往往說詩歌之正義，善人必令其終，而惡人必離其罰。……《紅樓夢》則不然……金玉以之合，木石以之離，又豈有蛇蠍之人物，非常

4　魯迅：〈第二十四篇：清之人情小說〉，《中國小說史略》，北京：中國和平出版社，二〇一四年，頁一九五。

白先勇╳劉再復
紅樓夢對話錄

之變故，行於期間哉？不過通常之道德、通常之人情、通常之境遇為之而已。由此觀之，《紅樓夢》者，可謂悲劇中之悲劇也。」[5]王國維這段著名的論斷，其立論的根據在哪裏？就在後四十回高鶚的續書裏。林黛玉之死是誰寫出來的？如果不是曹雪芹散失的遺稿，那就是高鶚的手筆。這一小說的「大處」十分精彩又十分深刻。林黛玉之死，不是惡人的結果，而是善人的結果（包括最愛黛玉的賈母與賈寶玉）。賈母與寶玉都在無意之中進入了謀殺黛玉的「共犯結構」，都有一份責任，這才是最為深刻的悲劇。另一主角賈寶玉在黛玉去世之後，喪失心靈支柱，心灰意冷，最後離家出走。在中國，「出走」這種行為語言，既是「反叛」，也是「絕望」。這正是最深刻的悲劇行為與悲劇心理。

說高氏續書「大處站得住」，除了因為它書寫了悲劇結局，還書寫了形而上結局，即哲學性的「覺悟」結局。續書如何把握賈寶玉的結局，這是決定作品成敗的大難點，又是一個關鍵點。高鶚在此關鍵點上，把握住前八十回的文心，極為高明又極為妥貼。

續書第一百一十七回，描寫賈寶玉丟失了胸中垂掛的玉石，為此薛寶釵與襲人皆慌成一團，拼命尋找，在這個關鍵性的瞬間，寶玉說了一句石破天驚的話：「我已經有了心了，要那玉何用？」這是大徹大悟之語，充分形而上品格之語。這說明續書守持了《紅樓夢》原著的心靈本體論，唯有心靈最重要，其他的都

5　王國維：〈第三章：紅樓夢之美學上之價值〉，《教育世界》，第七十八期，一九〇四年，頁一八。

可以不在乎。還有第一百零三回，賈雨村到了江津渡口。此時，已修成道人的甄士隱前來開導他放下功名以求解脫，賈雨村卻昏昏欲睡，最終不覺不悟。與賈雨村相反，賈寶玉最終大徹大悟，離家出走了。這種結尾深含哲學意蘊，讓人回味無窮。

我很敬重把自己的一生都獻給《紅樓夢》研究事業的周汝昌先生，他的成就主要在於考證，尤其是著寫了《紅樓夢新證》，糾正了胡適關於賈府敗落是「坐吃山空」、「樹倒猢猻散」的「自然趨勢」說，而實證了賈府家道中衰乃是人為的政治歷史原因，考證功夫登峰造極。而對《紅樓夢》文學價值的感悟與認知又在胡適與俞平伯之上，他高度評價《紅樓夢》的文學水準，最先判斷《紅樓夢》抵達世界經典水平。然而，他對程本的高氏續書卻過分貶抑，關於這點，我在為他的弟子梁歸智教授所作的《周汝昌傳》二版序文中，曾坦率地提出商榷。我說：

> 我如此高度評價周汝昌先生研究《紅樓夢》的成就，並不等於說，我和周汝昌先生的學術觀點完全一致。很可惜，我一直未能贏得一個機會直接向周先生請教，如果有這樣的機會，我一定會坦率地告訴他，有三個問題老是讓我「牽腸掛肚」，很想和他討論，也可以說是商榷。第一，關於後四十回即高鶚續作的評價。眾所周知，周先生以極其鮮明的態度徹底否定高鶚的續作，認定高氏不僅無功，而且有罪。而我卻不這麼看，我認為周先生的否定只道破部分真理，也就是高鶚續書確實有許多敗筆，例如讓寶玉與賈蘭齊赴科場

而且中了舉，讓皇帝賜予「文妙真人」的名號與匾額，這顯然與曹雪芹原有的境界差別太大。但是，後四十回畢竟給《紅樓夢》一個形而上的結局，即結局於「心」（當寶釵和襲人還在尋找丟失的通靈玉石時，寶玉聲明：我已經有了心了，要那玉何用？）。第一百零三回寫「急流津覺迷渡口」，賈寶玉實已覺悟，賈雨村卻徘徊於江津渡口，雖與甄士隱重逢，並聽了甄的「太虛」說法，但還是不覺不悟，昏昏入睡。至此，是佛（覺即佛）是眾（迷即眾），便見分野了。這種禪式結局乃是哲學境界，難怪牟宗三先生對後四十回要大加讚賞。第二，周先生自己的研究早已超越考證，不知道為什麼在定義「紅學」時，卻把紅學限定於考證、探佚、版本等，而把對《紅樓夢》文本的鑒賞、審美、批評，逐出《紅學》的王國之外，這是不是有點像柏拉圖把詩人和戲劇家逐出他的「理想國」？第三，周先生發現脂硯齋可能就是史湘雲。在「真事隱」的故事中最後是賈寶玉與史湘雲實現「白首雙星」的共聚，這很可信，但周先生卻由此而獨鍾湘雲，以至覺得《紅樓夢》倘若讓湘雲取代黛玉為第一女主角會更好。這類細節問題，我心藏數個，很想與周先生「爭論」一番，可惜山高路遠，這種求教的機會恐怕不會有了。想到這裏，真是感到遺憾。出國之前，一代紅學大師就在附近，我在北京二十七年，竟未能到他那裏感受一下他的卓越才華與心靈，這是多大的損失啊。此時，我只能在洛磯山下向他問候與致敬，並想對他說：「周先生，您是幸福的，因

為您的整個人生，都緊緊地連着中華民族最偉大的生命與天才。」[6]

三

《紅樓夢》研究，在中國當代已成一門公認的顯學。錢鍾書先生曾提醒過我：「顯學很容易變成俗學。」我在發表關於《紅樓夢》的閱讀心得時，也特別警惕把《紅樓夢》探索庸俗化。

《紅樓夢》閱讀，像是精神上的奧林匹克運動會，人人都可享受觀賞和參與的快樂。誰都承認，《紅樓夢》是我國的文學經典，但我多了一層認識，即認定它不是一般的文學經典，而是「經典極品」。

所謂「經典極品」，必須具備三個條件：

第一，它是人類社會精神價值創造最高水準的標誌。人類有史以來，有一些天才名字和他的代表作，產生之後便成了我們這個星球地平面上的最高精神水準。如哲學上的柏拉圖、亞里士多德、康德、休謨、黑格爾、馬克思、笛卡爾等。在文學上，如荷馬史詩中的《伊利亞德》、希臘悲劇中的《伊底帕斯王》、但丁的《神曲》、莎士比亞的《哈姆雷特》、塞萬提斯的《唐·吉訶德》、歌德的《浮士德》、雨果的《悲慘世界》、托爾斯泰的《戰

6　劉再復：〈中國文學第一天才的曠世知音 —— 梁歸智《周汝昌傳》序〉，《書屋》，第十二期，二○一○年，頁五五至五八。

爭與和平》、杜斯妥也夫斯基的《卡拉馬助夫兄弟》、卡夫卡的
《變形記》、《審判》、《城堡》等等，而中國唯有一個名字、一部
作品能夠與這些經典極品並駕齊驅 —— 這就是曹雪芹與他的《紅
樓夢》。基於這一看法，我雖然高度評價胡適、俞平伯先生的考
證之功，但對他們二人看低《紅樓夢》水平的說法，總是耿耿於
懷。胡適竟然認為「《紅樓夢》比不上《儒林外史》，在文學技
術上《紅樓夢》比不上《海上花列傳》，也比不上《老殘遊記》。」
他甚至對蘇雪林教授說：「原本《紅樓夢》也只是一件未成熟的
文藝作品。」[7] 說《紅樓夢》是一件未成熟的作品，這是什麼話？
而俞平伯先生也說：「平心看來，《紅樓夢》在世界文學中底位置
是不很高的。這一類小說，和中國底文學 —— 詩、詞、曲，在一
個平面上。……」[8] 很明顯，胡、俞這兩位著名紅學家，對《紅樓
夢》的審美判斷（文學價值的估量）是完全錯誤的。

　　第二，它是超越時代、超越地域的一種偉大存在。它沒有
時間的邊界，也沒有空間的邊界，是一種與日月星辰相似的永恆
精神存在。敘利亞詩人阿多尼斯說，卓越的詩不是文化，而是存
在。文化是被建構或已建構的完成體；存在則是自在自為之體。
《紅樓夢》作為一種存在，它誕生之後便會一天天生長，一天天
擴展自己的內涵與影響。文化有邊界，而存在沒有邊界。它將永

<hr>

7　一九六〇年十一月二十日胡適致蘇雪林信，引自《胡適論紅學》頁二六七，合
　　肥：安徽教育出版社，二〇〇六年。
8　俞平伯：《紅樓夢辨·中卷》，《俞平伯說紅樓夢》，上海：上海古籍出版社，
　　二〇〇〇年，頁九三。

遠被感知，被闡釋，被開掘，即永遠說不盡，一千年一萬年之後仍然說不盡。西方有說不盡的《哈姆雷特》，東方則有說不盡的《紅樓夢》。也就是說，時間對於《紅樓夢》沒有意義。它完全是一部超時代的、具有永恆性品格的偉大作品。

第三，它經得起各種文學流派、各種文學思潮不同標準的密集檢驗，又超越各種文學流派、各種文學思潮的評價尺度。說《紅樓夢》是偉大的寫實主義作品，不錯，因為它真實，無論描寫人性還是描寫人的生存環境都很真實。它揚棄「大仁大惡」那種臉譜化舊套，呈現「善惡並舉」與「無善無罪」的活人真相。《紅樓夢》一部小說反映的現實生活比同時代的任何歷史著作都更為真實，更為豐富。但它又超越寫實主義，因為它不僅寫了人間的大夢，而且寫了太虛幻境、鬼神感應等，這明明又是浪漫主義。不是小浪漫，而是大浪漫，它展示的圖景從天上到地上，從三生石畔到大觀園。其精神內涵不僅屬於中國，而且屬於全世界。它是一部超越中國情結的偉大作品，文本中具有中國的民族特色，但其視野則完全超越中華民族。說它是荒誕主義，也對。他除了描述最美的心靈與最美的形象之外，也寫了這個世界的荒誕真實。賈赦、賈璉、賈瑞、賈蓉、薛蟠等，全是荒誕的象徵。所以我說《紅樓夢》不僅是一部偉大的悲劇，而且也是一部偉大的荒誕劇。說它是魔幻主義，也沒錯。癩頭和尚、跛足道人、赤霞宮神瑛侍者、三生石畔絳珠仙草，哪個不沾玄幻、仙幻、佛幻、警幻？主人公生下來就嘴銜玉石，秦可卿死時與王熙鳳相會，林黛玉死後瀟湘館鬧鬼等，都帶魔幻色彩。當下有學人拔高《金瓶梅》，說《金瓶梅》比《紅樓夢》還好。這種論點顯然「不

妥」。我不否認《金瓶梅》確實是一部寫實主義的傑作。它不設道德法庭，寫出了人性的真實與生存環境的真實，非常精彩。但如果用其他視角觀照，例如用「心靈」、「想像力」視角或用「形而上」視角，我們就會發現，它缺少《紅樓夢》那種形而上品格和巨大的心靈內涵，其「想像力」也無法與《紅樓夢》同日而語。《金瓶梅》雖有寫實成就，但就整體文學價值而言，它還是遠遜於《紅樓夢》。

萬念歸心，以「已經有了心了」作終結，這是一百二十回本（程高本）最了不起的選擇，也是程本為後人說不盡的原因。有了這「心」，程高本就有了靈魂，也就可以立於不敗之地了。

完整形態的《紅樓夢》之所以完整，首先是心靈的完整。我曾說過，心靈、想像力、審美形式乃是文學的三大要素，而心靈為第一要素。《紅樓夢》的成就是多方面的，但塑造一顆名為「賈寶玉」的心靈，乃是它的第一成就。我曾出版過《賈寶玉論》，認為賈寶玉是人類文學史上最純粹的心靈，它的清澈，如同創世紀第一個早晨的露珠，至真至善至美。這顆心靈不僅沒有敵人，也沒有壞人，甚至沒有「假人」。它沒有世俗人通常具有的生命機能，如仇恨機能、報復機能、嫉妒機能、算計機能、排他機能、貪婪機能等等。也就是說，這顆心靈不懂人世間還有《水滸傳》的那種兇殘之心，嗜殺嗜鬥之心，也不知道人世間還有《三國演義》中的那些權術、詭術和心術。他與曹操的「寧負天下人，休教天下人負我」的哲學相反，從不在乎他人對自己如何，只知道自己該如何對待他人和這個世界。

二○○○年我在香港城市大學中國文化中心備課，第一次感

悟到賈寶玉心靈時，禁不住內心的激動，真的「拍案而起」了。之所以如此激動，一是為讀懂「賈寶玉心靈」本身的精彩內涵；二是為曹雪芹能夠塑造出如此光芒萬丈的心靈；三是為自己能夠有幸地感受到這顆心靈的不同凡響。這有點像王陽明在龍場大徹大悟時的高度亢奮與高度喜悅。王陽明在那一個夜晚終於明白，萬物萬有中，最重要的是人的心靈。吾心即宇宙，宇宙即吾心，心靈價值無量，心靈決定一切。所以我說，《紅樓夢》乃是王陽明之後中國最偉大的心學，不同的只是王陽明的心學是思辨性心學，而《紅樓夢》則是意象性心學。如果「心學」二字太學術，那也可以稱它為「偉大的心譜」或「偉大的心曲」。抓住賈寶玉的心靈，就抓住《紅樓夢》的「神髓」。小說的語言、小說的故事、小說的框架，都僅是《紅樓夢》的「形」；唯有賈寶玉的心靈是《紅樓夢》的「神」。《紅樓夢》之所以不僅是情愛故事，就因為它還有更重要的內涵，例如寫出賈寶玉，這就給人類社會提供了一種至真至善至美的精神存在。賈寶玉當然是情愛角色，說他是情愛主體並沒有錯。但賈寶玉不僅是情愛主體，他更重要的是心靈主體。這顆心靈，對待世界、對待社會、對待人生、對待他者的態度都是最合情理、最合天地的態度。

都云作者痴，誰解其中味？《紅樓夢》之所以韻味無窮，永遠讀不盡，說不盡，就在於它擁有賈寶玉的心靈之味，人性及神性之味。林黛玉、薛寶釵、史湘雲、秦可卿、探春等諸閨閣女子當然可愛，但她們都是環繞賈寶玉心靈運轉的星辰，唯有賈寶玉的心靈，是《紅樓夢》世界的太陽。曹雪芹對中華民族最偉大的貢獻，正是它給這個民族塑造了一顆永葆青春、永葆光明的精神

太陽。

高鶚的續書沒有給這顆太陽減色。相反，他面對這顆太陽不斷向讀者提示：有了心，就有了一切。人類胸內的心靈比胸外的寶石重千倍，貴萬倍。只要捧着這顆心，賈寶玉出家之後無論走到哪個天涯海角，他都是至純、至善、至貴之身。莊子在二千三百年前就提出「真人」的人格理想，但他沒有描繪出「真人」是什麼樣。而曹雪芹和高鶚為莊子完成了真人的形象塑造。真人之形，真人之神，真人之心，就是賈寶玉這個樣子。文學的事業，是心靈的事業，曹雪芹高舉了心靈，高鶚隨之高舉了心靈。心靈把原著與續書打成一片，連成一部巔峰式的偉大藝術品了。

四

去年（二〇一七年）冬季，我結束香港科技大學人文社會科學學院暨高等研究院的客座課程之後，又應公開大學之邀，作了一次全校性的學術演講，講題是「『四大名著』的精神分野」。四大名著是指四部長篇小說《三國演義》、《水滸傳》、《西遊記》、《紅樓夢》。我鄭重地說明，籠統地通稱「四大名著」，有理由，但也有危險。就藝術水平而言（純粹文學批評），四部小說都堪稱經典（《三國演義》和《水滸傳》只是一般經典，不是「經典極品」），但就精神內涵而言，《水滸傳》與《三國演義》乃是壞書，二者皆是中國的地獄之門。而《西遊記》與《紅樓夢》則是好書，二者皆是中國的天堂之門。為什麼？因為前二者與後二者

的精神方向根本不同，其精神分野可謂天淵之差，霄壤之別。接着，我從心靈分野、意志分野、境界分野等三個方面講述了四部名著的具體區別。從心靈層面上說，《水滸傳》太多兇心，即太多砍殺之心，對於主人公李逵、武松的殺人快感，作者的描述也報以快感。《三國演義》則是機心、偽心、權謀之心的大全，全書展示的「三國」邏輯是：誰最會偽裝，誰的成功率就最高。而《西遊記》、《紅樓夢》則童心洋溢，佛光普照。《西遊記》中的師徒結構，唐僧呈現佛心，孫悟空呈現童心。《紅樓夢》童心、佛心雙全，主人公賈寶玉的赤子之心，其內涵便是雙心並舉。童心表現為真心，包括愛情之真、友情之真、親情之真、世情之真。佛心表現為慈無量心：悲無量心、喜無量心、捨無量心。所以我說賈寶玉就是准基督、准釋迦。釋迦牟尼出家之前是什麼樣？大體上是賈寶玉這個樣。而賈寶玉出家後會是什麼樣？大約正是釋迦那個樣。

心靈分野之外是意志分野。所謂意志，乃是人的內在驅動力，包括行為與心理的驅動力。《三國演義》與《水滸傳》的主人公（英雄們）的驅動力，乃是權力意志。那不是一般的權力意志，而是最高權力意志，即爭奪皇位皇權的慾望。而《西遊記》與《紅樓夢》的主人公孫悟空與賈寶玉，其行為與心理的驅動力則是自由意志，也就是自由精神本身，也可以說是對自由的嚮往。不過，孫悟空呈現的是積極自由，[9]他的大鬧龍宮、大鬧天

9　著名哲學家比撒亞‧柏林把自由區分為積極自由與消極自由。

宮，乃是積極自由的極致，而走出五指山後的西天取經，則是確認自由並非任性的我行我素，任何自由都包含着某種限定。而賈寶玉的自由意志，乃是消極自由的象徵。他不是重在「爭取」，而是重在「迴避」：迴避科舉，迴避世俗邏輯，迴避「立功、立德、立言」等不朽功業的追求。他讀詩作詩，沉醉西廂，追求情愛，均無功利之思，與其說是「爭取自由」，不如說是迴避掌控。從世俗的囚牢中走出來，才是賈寶玉的真性情真意志。

最後是境界分野。哲學家把境界分為自然境界（動物境界）、功利境界、道德境界、天地境界。最低者處於動物境界，如同禽獸。最高者處於天地境界，不僅具有人性，而且具有神性。賈寶玉始終處於佛性的宇宙境界中，處處慈悲待人。作為天外來客，他把佛教的不二法門貫徹到人世間，所以對人沒有貴賤之分、尊卑之分、內外之分、主奴之分、敵我之分。他用天眼看人，晴雯就是晴雯，鴛鴦就是鴛鴦，美就是美，生命就是生命。說她們是「奴婢」，是「丫鬟」，是「下人」，那是世俗世界的概念。這些概念從未進入寶玉的腦中與心中。他拒絕生活在世俗世界的濁水中與概念中，所以「出淤泥而不染」，五毒不傷。他愛一切人，理解一切人，寬恕一切人。王國維說，《紅樓夢》不同於《桃花扇》，後者是歷史，處於歷史境界中；而前者則超歷史，超時代，處於宇宙境界中。天地境界既高於《三國演義》與《水滸傳》的功利境界（一切以「圖大業」為轉移），也高於包公（包拯）的道德境界。作家不是包公，他們既同情秦香蓮，也同情陳世美，面對的只是人性真實與心靈困境。曹雪芹是真作家、大作家，他既悲憫林黛玉，也悲憫薛寶釵；既寫出林黛玉的悲劇，也寫出薛

寶釵的悲劇。因為他立足於天地境界之中，天生一副「博愛」的菩薩心腸和一副「兼美」的天地情懷。

十幾年來，我放下其他課題，專注於文學，並在香港科技大學人文學部開設「文學常識二十二講」和「文學慧悟十八點」的講座，重新整理自己對文學的認知。在講述中，我只強調文學的「真實」特性，並且認定文學的功能只要「見證人性的真實和見證人類生存環境的真實」即可。這一見證功能也是文學創作的唯一出發點，不必選擇其他的出發點，包括「譴責」、「暴露」、「干預生活」、「批判社會」等出發點。我說的「真實」，乃是「真際」，而非「實際」。太虛幻境不是「實際」，但它也呈現「真際」。世界異常豐富複雜，人性也異常豐富複雜，作家只能盡可能貼近真際真實，不可能窮盡真理，也不可能抵達那個所謂「世界本體」的「終極」頂端。作家與哲學家一樣，對於世界、社會、人生、人性，只能不斷去認知、認知再認知，很難去完成「改造」。即使對於「國民性」，也只能呈現，而不能從根本上去改造。我的一切文學講述，均以《紅樓夢》為參照系。在此參照系之下，什麼是文學？如何文學？全都洞若觀火。

在《紅樓夢》面前，人們常會產生「高山仰止」之感。我除了「如見高山」之外，還覺得「如見星辰」。於是，一打開巨著，總想起康德「天上星辰，地上的道德律」的名句，並悄悄地作了變動，改為「天上星辰，地上的《紅樓夢》」。除此之外，我不知道如何表達內心對這部「經典極品」的熱愛與敬意了。

《紅樓夢》的三維閱讀 [1]

一

今天賈晉華教授邀請我到理工大學，我欣然前來了。賈晉華教授是美國科羅拉多大學的博士，洛磯山下培養出來的優秀學者，我和我的女兒劍梅，也是從洛磯山下走出來的學人。我和劍梅常常覺得講真話難，講新話也不容易。說起洛磯山，我想起李澤厚先生，當時我們兩個人經常在下午三四點，一起去散步一兩個小時，談天說地，談政治，談歷史，談文學，談藝術，談人生，什麼都談，但很少談《紅樓夢》，因為李先生告訴我說，有三個東西他絕對不碰，一個是絕對不吸毒；第二個是絕對不賭博；第三個是絕對不讀《紅樓夢》。為什麼呢，因為這三個東西都會使人上癮，一上癮，就會異化（這是哲學家的說法）。異化在哲學裏面是非常重要的一個概念。什麼叫異化呢？異化就是人被自己製造的東西主宰、統治。既然李澤厚先生這麼說了，我為什麼還喜歡《紅樓夢》，還要講《紅樓夢》呢？當然我可以自信地說，我不怕異化。但我確實也有一種感覺，讀了《紅樓夢》之後，吃飯睡覺，與人交往，感覺都不同了。我今天主要講的是《紅樓夢》的三維閱讀。

1　文章整理自於二〇一八年二月八日在香港理工大學舉行的講座「中國文化與宗教傑出學者講座系列：《紅樓夢》的三維閱讀」。

《紅樓夢》，我們先用兩個概念來說明一下，第一，《紅樓夢》是我的「文學『聖經』」，是 Bible。我在大陸文化大革命時，天天讀什麼書呢？讀老三篇——〈為人民服務〉、〈愚公移山〉、〈紀念白求恩〉；出國以後呢（我現在出國已二十八年），天天讀「老三經」。什麼是老三經呢？就是《山海經》、《道德經》、《六祖壇經》。後來我又把這「三經」擴大為「六經」，就是《山海經》、《道德經》、《六祖壇經》，再加上《南華經》（即莊子）、《金剛經》，還有一個就是我的文學「聖經」《紅樓夢》。我之所以把《紅樓夢》看做文學「聖經」，有兩個道理。第一個，是因為我們的《紅樓夢》與西方的《聖經》在結構上相似，即故事的同構。《聖經》有兩個原始生命——亞當與夏娃，《紅樓夢》裏面也有兩個角色，那就是神瑛侍者和絳珠仙草，也就是賈寶玉和林黛玉的前身。還有，《聖經》有創世界的上帝，《紅樓夢》裏也有補天的女媧。《聖經》的新約，有一個基督，《紅樓夢》裏，有一個准基督，這就是賈寶玉。所以說，這兩部作品是故事同構。而從廣義上說，《紅樓夢》是一部偉大的參照系，我們要了解文學，只要看《紅樓夢》就可以了。在這個參照系之下，什麼是好的文學，什麼是不好的文學，什麼是真正的文學，什麼不是真正的文學，就看得清清楚楚。說《紅樓夢》是文學的「聖經」，就需要天天讀。這是解題的第一個大概念：文學「聖經」。

我要講的第二個大概念，是「經典極品」，講「三維」。「三維」有很多解釋。我講的三維，是指文、史、哲，即文學、歷史、哲學這三維。同學如果有機會研究人文科學就會明白，文學只代表人文的廣度，歷史只代表人文的深度，哲學則代表人

白先勇╳劉再復
紅樓夢對話錄

文的高度。這三點結合起來，才有可能產生那些經典極品。我們知道，文學最自由是什麼都可以寫。《西遊記》裏有「真假孫悟空」，兩個悟空打得天翻地覆，連唐僧和觀音都認不出孰真孰假，兩個孫悟空，相貌本領一樣，最後是如來佛祖才能判斷其真假。判斷的時候，如來佛祖講了一段話，說我們的宇宙中有五仙，即天地人神鬼；還有五物，贏鱗毛羽昆，總共十相。[2] 這十相都是文學的對象，代表文學的廣度。《老殘遊記》的作者劉鶚在這本書的序言中說，「蓋哭泣者，靈性之現象也，有一分靈性即有一分哭泣。」他又說，「靈性生感情，感情生哭泣。」[3] 所以說文學表達情感，而哲學和歷史就表達不出如此充分的感情。文學表現的是一種心量，心量是一種情感量；歷史一般代表一種識量和知量；哲學代表慧量。歷史、哲學不能像文學那樣自由地歌哭。從三個角度來閱讀《紅樓夢》，才能把握《紅樓夢》的縱深度。

所謂「閱讀」。不是看看書就叫閱讀。閱讀還要包括三個意思，即感悟、闡釋和破譯，這是立體性閱讀。我讀《紅樓夢》，有一個特別的方法，就是悟證。感悟是我們中國文化最強勁的傳

2　［明］吳承恩著，黃肅秋注釋：《西遊記》，北京：人民文學出版社，二〇〇五年九月，頁七〇九。

3　［清］劉鶚著，陳翔鶴校，戴鴻森注：《老殘遊記》，北京：人民文學出版社，二〇〇一年，頁一。所以，從劉鶚的觀點來看，文學就是一種哭泣：「《離騷》為屈大夫之哭泣，《莊子》為蒙叟之哭泣，《史記》為太史公之哭泣，《草堂詩集》為杜工部之哭泣；李後主以詞哭，八大山人以畫哭；王實甫寄哭泣於《西廂》，曹雪芹寄哭泣於《紅樓夢》。王之言曰：『別恨離愁，滿肺腑難陶洩。除紙筆代喉舌，我千種想思向誰說？』曹之言曰：『滿紙荒唐言，一把辛酸淚；都云作者痴，誰解其中意？』名其茶曰『千芳一窟』，名其酒曰『萬艷同杯』者：千芳一哭，萬艷同悲也。」

統。五四運動把西方的文化介紹了進來，而西方的文化是很重邏輯、重理性、重思辨的文化。而我的感悟，是直覺的、直觀的、明心見性的，這是另外一種方法。《紅樓夢》閱讀，以前是重考證重論證，我現在用悟證代替了考證論證，這是另一種方法。《紅樓夢》的閱讀，都要靠感悟。比如，「意淫」是什麼意思，很難「言傳」，但可領悟，《紅樓夢》中的很多故事，很多情節，如果用論證考證的方法，是說不清楚的，要靠悟證。我很高興自己發明這種方法，用悟證來閱讀《紅樓夢》。舉一個例子，有一次賈寶玉和林黛玉在床邊玩，賈寶玉問林黛玉說，林妹妹，你身上好像有一種特別的香味。於是寶玉以為她衣服裏是不是藏着什麼東西啊，懷疑是一種藥香，而林黛玉卻很嚴肅地告訴他說，你不要動，我實話告訴你吧，我身上真有一種特別的香味，可是連我自己也不知道是什麼味道呢。[4] 過去有研究者探討過這個問題，考證說這可能是藥香，也可能是體香，還有可能是其他的香味。但這難以說服人，你要實證，可能需要去醫院裏檢查身體了，然而我用悟證，就可以大膽地說，這個香味，一定是林黛玉天才的芳香，靈魂的芳香，因為她以前是絳珠仙草，所以也可能是仙草的芳香。我這樣說呢，不可以證明，但也不可以證偽，就像上帝存在一樣，不可證明，也不可證偽。這就是悟證。還有就是要闡釋，闡釋學就產生在對《聖經》的闡釋之中，《聖經》在闡釋中意義才顯露、豐富起來。《紅樓夢》也要不斷闡釋，我今天所講

4　［清］曹雪芹、高鶚著：《紅樓夢》，北京：人民文學出版社，二〇〇五年，頁二六五至二六六。

的，也是一種闡釋。還有「破譯」，比如《好了歌》，到底什麼意思？各講各的，研究者莫衷一是。而我則把《好了歌》看作一首荒誕歌來譯解，認定它是啟蒙人們要放下權力、財富、美色的佛歌與道歌。

二

《紅樓夢》三維閱讀的第一維，是文學之維的閱讀，用文學的維度來閱讀《紅樓夢》。怎麼閱讀呢？我在香港科技大學講了四十講的文學常識，出了一本書叫《文學常識二十二講》，香港出了一個版本，北京的東方出版社也出了一個版本；最近我又在香港三聯書店出了一本書，叫《文學慧悟十八點》，所以一共四十講。我在這兩本書反覆提到和講解的，是文學的三大要素。第一個要素是心靈，第二個要素是想像力，第三個要素是審美形式。大家想一想，文學能跑出這三個要素的範圍嗎？不可能的，文學創造活動，一定是在這三個要素的範圍之內進行。

首先要說的是心靈的閱讀。《紅樓夢》的心靈閱讀，首要的是對賈寶玉的閱讀。我寫的《賈寶玉論》，開掘的是賈寶玉的心靈。這是我寫的第五本關於《紅樓夢》的書。在這裏我要講述一個心靈體驗：十五年前，我在香港城市大學做過系列講座，在中國文化中心，是鄭培凱先生主持的學校重鎮。鄭教授說，我們這個中心只講古典，只講清朝以前的，不講現代、民國以後的。我和李澤厚先生正好要返回古典，所以我就講四大名著，《紅樓夢》、《西遊記》、《三國演義》、《水滸傳》。對《水滸傳》和《三

國演義》，我是批判的。我寫過《雙典批判》，強調《水滸傳》與《三國演義》對中國心靈的破壞。文學的破壞力，這兩部書是堅實的例證。但是對《紅樓夢》和《西遊記》，我比較推崇。我去年（二〇一七年）在公開大學有一個「四大名著的精神分野」的演講，大家可以參考一下。賈寶玉的心靈，是世界文學史上最純粹的心靈，就像創世紀的第一個早晨沒有污染過的露珠一樣純潔。我們能在世界其他文學作品中找出心靈比寶玉更純粹的嗎？這就是我對《紅樓夢》心靈的閱讀，通過這個閱讀，我也發現了賈寶玉的心靈。

接下來我講想像力的閱讀。《紅樓夢》是真正的天人合一的作品，也是物我合一的作品，《紅樓夢》裏有一個現實世界，還有一個神話世界。太虛幻境是神話世界，非常複雜，裏面有灌愁海，有離恨天，有痴情司、結怨司、朝啼司、夜怨司、春感司、秋悲司、薄命司，有金陵十二釵正冊、副冊、又副冊，非常複雜，有四大仙姑，有警幻仙子（即秦可卿），想像力非常豐富。也可以說它有一個現實世界，又有一個想像世界（夢世界）。如果我們從想像力視角去閱讀《紅樓夢》，就會發現《紅樓夢》早已掌握魔幻現實主義，如馬奎斯的小說一般。而我們的曹雪芹早就寫出了仙幻現實主義了。想像力這方面簡直是有太多內涵可以說。

至於第三個要素，我講的是審美形式的閱讀。關於這個我也寫過好多文章了，比如從性格真實而言（如我的《性格組合論》），便是以《紅樓夢》為座標，正如魯迅先生所說，《紅樓夢》不把好人寫得絕對地好，也不把壞人寫得絕對地壞，打破過去中

國小說的格局，寫了人性的真實。[5] 後來我又專門寫了文章，談《紅樓夢》的一對一對的「性格對照」，即不同人物不同性格的比較性存在，比如襲人和晴雯、尤二姐與尤三姐，完全是兩種不同的性格，但是她們之間恰好是一對，林黛玉和薛寶釵之間也是一對，賈雨村和甄士隱也是一對。[6] 這次我要特別講講我們之前沒有寫過和說過的。大家要注意一下的審美形式，也就是「兼美」，這個詞很重要。「兼美」在《紅樓夢》裏面原本是秦可卿的名字，從小說的內容直觀地看，秦可卿兼有薛寶釵和林黛玉之美，也就是說兩大類型的美她都兼有。還有王熙鳳的美，她也兼有。但《紅樓夢》的審美形式，不僅有書的兼美，還有人的兼美。就人的兼美而言，《紅樓夢》把晴雯的心靈美、性格美、精神美、外貌美等全寫出來了。晴雯就兼有質美、性美、神美、貌美，太美太可愛了。《紅樓夢》把人的美寫絕了。還有書的兼美，《紅樓夢》把美學上的幾大範疇，兼顧起來了，優美、壯美、華美、淒美、俗美，還有悲劇美、喜劇美、荒誕美，《紅樓夢》都寫得非常好，可以說是寫到極致了。

先說優美，可以以林黛玉為例。我們可以說她優雅的情感和姿態都抵達頂峰。她作的《葬花詞》優而不俗，優而典雅。林黛玉的感覺，是高級感覺。感覺有兩種，一種低級感覺，一種高

5　魯迅：《中國小說的歷史的變遷》，《魯迅全集》，第九卷，北京：人民文學出版社，一九八一年，頁三三八。

6　劉再復：《紅樓夢悟（增訂版）》，北京：生活·讀書·新知三聯書店，二〇〇九年，頁二六四至二七七。

級感覺。低級感覺是生物和生理的感覺，比如人餓了想吃飯，睏了想睡覺。我們吃了飯，睡了覺，自然就很高興。但這種快樂是較低級的。而高級感覺，則是非生理上的優美的感覺，林黛玉的孤獨感、空寂感、空漠感，全是高級感覺：「天盡頭，何處有香丘？」這就是高級的感覺，優美到了這樣的地步。曹雪芹寫壯美（優美和壯美是對應的），也寫絕了。壯美便是崇高，我們只需要舉兩個例子，一個是尤三姐的自殺，一個是鴛鴦的自殺。尤三姐很喜歡柳湘蓮，而柳湘蓮則把自己的寶劍送給尤三姐做定情的信物。但柳湘蓮聽人家說，這個賈府，不管榮國府還是寧國府，這些女子都不乾淨，焦大就說了，賈府裏面除了門口的兩個石獅子是乾淨的，其他的都不乾淨。柳湘蓮就中了這個毒，覺得尤三姐也不乾淨。他跟賈璉說這個事情，被尤三姐聽見了，三姐知道柳湘蓮不要她，她把劍還給柳湘蓮的時候，就一下子把劍抽出來自殺而死，倒在血泊中，這時候柳湘蓮才後悔，伏在她的屍體上痛哭，說沒有想到自己的未婚妻這麼剛烈。《紅樓夢》的壯美寫得真動人。

還有鴛鴦之死，也寫的非常好。鴛鴦就是賈母的丫鬟，後來被賈赦看上了，賈赦是世襲的一品將軍，他已經有一個妻子，兩個小妾了，但他還想要鴛鴦做他的小妾。鴛鴦這個人呢，可以說是《紅樓夢》裏的首席丫鬟。鴛鴦長得很漂亮，少時寶玉愛吃她的胭脂。賈赦要鴛鴦這個人，而鴛鴦的哥哥嫂嫂竟然想促成這件事，還有賈赦的妻子邢夫人，也是個大俗人，也想促成這個事情。所以鴛鴦特別生氣，於是拿着一個剪刀，宣佈我永遠不嫁人，說誰也別靠近我，然後就開始剪自己的頭髮，幸好她的頭髮

很多，沒有剪完。然後她有一段講話，可以說是《紅樓夢》裏女性的宣言，講的非常好。賈赦這個人很壞，他說，鴛鴦不肯嫁給我，她一定是在想賈璉啊，想賈寶玉。鴛鴦就反駁說，我是橫了心的，當着眾人在這裏，我這一輩子莫說「寶玉」，便是「寶金」、「寶銀」、「寶天王」、「寶皇帝」，橫豎不嫁人就完了！就是老太太逼着我，我也會一刀抹死了，也不能從命！後來賈母死了以後，她就自殺吊死了。這就是《紅樓夢》所寫的壯美，很慘烈，很崇高。《紅樓夢》把鴛鴦的剛烈寫得很真實，很美，很動人。鴛鴦不畏貴族權勢，她拒絕權勢者的話，句句像閃光的寶劍，像宣言，讓人聽了精神旺盛，人格飛升。

除了「壯美」寫得非常好，還有「華美」。華美是指豪華之美，這種美很容易落入浮淺、庸俗，但《紅樓夢》卻寫得別開生面。華而不奢，華而有情。華美寫得最好的地方就是賈元春省親。元春省親簡直是豪華得不得了，建了大觀園，為了王妃來省親，上下轟動，大場面很真實。這個時候曹雪芹如何展現華美呢？他的筆調非常冷靜克制。他讓賈元春抱着她媽媽（王夫人）和奶奶（賈母）哭了，還說了幾句很真摯的話：「當日既送我到那不得見人的去處，好容易今日回家娘兒們一會，不說說笑笑，反倒哭起來。一會子我去了，又不知多早晚才來！」這一句話「當日既送我到那不得見人的去處」，多有人性，多有人情味。曹雪芹在寫華美時，寫出人性來。唯有大手筆才能有這樣的創造。至於「淒美」，我認為我們當代中國作家有一位女作家 —— 遲子建，她把淒美寫得最好，尤其是她的《霧月牛欄》。在這之前的《紅樓夢》也把淒美寫得真好，我們可以舉出很多例子。其中

之一就是晴雯被王夫人冤枉，趕出賈府，回到她的家裏。晴雯出身卑微低賤，而當時她又生着病，身體弱，處境十分淒涼。賈寶玉就去看望她。看着她瘦小手腕上戴着四個笨拙的銀手鐲，賈寶玉就替她把四個銀鐲子取下，放在她的枕頭底下。每個細節都非常淒涼。然後，晴雯讓寶玉拿來剪刀，把她自己養了好幾個月的長指甲剪下來，送給寶玉留作紀念。此時的晴雯，十分淒慘，身體憔悴，又沒有其他的東西可以送給賈寶玉。她能表明自己情愛和心意的，只有這一些指甲。後來，賈寶玉為紀念晴雯之死而寫〈芙蓉女兒誄〉。晴雯兼了四個美——質美、性美、神美、貌美。在〈芙蓉女兒誄〉裏，賈寶玉在讚揚晴雯，也是在讚揚林黛玉。很多女子都兼有這四種美，也是把女子的美寫到了極致。另外，我還可以用另一種角度來表述。在我與劍梅合寫的《共悟紅樓》裏面講到，其中一章是談《紅樓夢》的生命極品。有儒家生命極品，有道家生命極品，有名家生命極品，有法家生命極品，它們都體現在不同的女子身上。體現儒家生命極品的是薛寶釵，她體現出儒家的文化和倫理之美，重秩序，重人倫，重教化。體現道家的生命極品是林黛玉，她的人生乃是「逍遙遊」！體現名家生命極品是史湘雲；體現法家生命極品是王熙鳳。我們讀孔夫子的書，讀孟子、墨子、莊子，這些書可能抽象一點。但看看《紅樓夢》，這些女子體現出具體的文化體現在具體的女子身上，這麼美。所以很多人問薛寶釵和林黛玉哪個更美，實際上是指向儒家和道家的文化爭論。一個是重秩序，重人倫，重教化；一個是重自然，重自由，重個體。這兩方都很美。要問喜歡林黛玉還是喜歡薛寶釵，俞平伯先生引了一段話說：爭論起來往往拳頭相向。

有些人說自己就是喜歡林黛玉，有些人說自己就是鍾愛薛寶釵，說到底就是說，你到底是喜歡儒家文化還是道家文化。

除了優美、壯美、華美、淒美之外，還有一種值得我們欣賞的是「俗美」。大家可再欣賞一下第二十八回「蔣玉菡情贈茜香羅　薛寶釵羞籠紅麝串」。這一回寫了馮紫英（大將軍之子，紈綺子弟，寶玉的朋友）家裏的一次酒會，參加的人有蔣玉菡、薛蟠、妓女雲兒，都是俗人，還有一個是賈寶玉。這是一次俗人的聚會、酒會，但都是朋友，一起作作詩，唱和一番，以增酒趣。要寫好這一段不容易，弄不好就俗氣、容易落入俗筆，但曹雪芹卻寫得很有情趣，讓人也有美感，這不容易。《紅樓夢》展示這一情節時的關鍵是寫得「俗而有度」，分寸掌握得很好，而且把每個人的個性、脾氣、內心，都表現得十分恰當，從而讓人感到雅俗並置。

開頭由寶玉唱了一段相思曲，他唱道：

滴不盡相思血淚拋紅豆，
開不完春柳春花滿畫樓，
睡不穩紗窗風雨黃昏後。
忘不了新愁與舊愁，
嚥不下玉粒金蓴噎滿喉，
照不見菱花鏡裏形容瘦。
展不開的眉頭，捱不明的更漏。
呀！恰似遮不住的青山隱隱，
流不斷的綠水悠悠。

這是寫得很傷感的一首情愛歌，為這次俗人聚會奠下了一首雅歌。

此次酒會，還規定每人按照「女兒悲，女兒愁，女兒喜，女兒樂」，唱出一首詩。於是寶玉唱道：

女兒悲，青春已大守空閨。
女兒愁，悔教夫婿覓封侯。
女兒喜，對鏡晨妝顏色美。
女兒樂，鞦韆架上春衫薄。

雲兒則唱道：

女兒悲，將來終身指靠誰？
女兒愁，媽媽打罵何時休！
女兒喜，情郎不捨還家裏。
女兒樂，住了簫管弄弦索。

最有趣的是薛蟠，他的詩雖粗俗卻有趣，他唱道：

女兒悲，嫁個男人是烏龜；
女兒愁，繡房串出大馬猴。

我們聽了這幾個人的唱和，反而覺得賈寶玉的「世情」（社會情懷）很寬廣，與誰都可為友，唱給俗人的曲子也不失雅致。

我們更會覺得，賈寶玉這個人五毒不傷，心地絕對純正，即使與妓女為伍，也自有一身貴族公子的高貴情調。

講此書的「兼美」，還應該補充說，《紅樓夢》整部小說除了表現悲劇美之外，還可見到喜劇美、荒誕美等。關於悲劇美，王國維在《紅樓夢評論》中早已指出，說《紅樓夢》是悲劇中的悲劇。他說，小說書寫林黛玉之死，不是死於幾個「蛇蠍之人」，而是「由於劇中之人物之位置及關係而不得不然者，非必有蛇蠍之性質與意外之變故」。[7] 即不是幾個壞蛋壞人造成的結果，而是「共同犯罪」的結果，就連賈母和賈寶玉這些最愛林黛玉的人也有一份責任。這一見解極為深刻。我們還應注意到，《紅樓夢》在展示悲劇的同時，很擅長加入喜劇性。比如晴雯被逐出賈府後，病倒於其姑舅哥哥家中，寶玉偷偷走出後角門去看望她，這兒是很讓人悲傷的時刻，可偏偏就在這個時候，出現了晴雯的嫂子燈姑娘，她是個風流放蕩的女子，見了寶玉這個奢貴的美少年，便有意思調戲他，她把寶玉抱入懷裏，真是讓人哭笑不得。這種喜劇片段更加增添了晴雯的淒涼與孤獨——這樣的嫂子怎能理解與照顧晴雯？真不幸啊！在喜劇片段中，我們更是感受到晴雯的不幸。這種悲劇和喜劇的和諧互參，也是一種兼美，而把荒誕帶入人間，更是了不得的兼美手筆。我們從《紅樓夢》中感受到大悲劇，但是《好了歌》又是荒誕歌，它告訴我們的正是人生的荒誕，「世人都曉神仙好，唯有功名忘不了，古來將相在何

7　王國維：〈第三章：紅樓夢之美學上之價值〉，《教育世界》，第七十八期，一九〇四年，頁一八。後跟其他篇章結集成《紅樓夢評論》一書。

方，荒冢一堆草沒了。世人都曉神仙好，只有金銀忘不了。終朝只恨聚無多，及到多時眼閉了……」世人何等荒誕啊！但又不自知，不僅不自知，還樂於接受命運的嘲笑和打擊。而那些企圖擺脫荒誕的人（如寶玉），卻又是「女媧煉石已荒唐，又向荒唐演大荒」。

三

接下來，我要談談從歷史閱讀的角度來看《紅樓夢》。歷史之維的閱讀，我主要分為兩個方面：第一個是史表閱讀，第二個是史裏閱讀，即表層和裏層的閱讀。史表是《紅樓夢》寫了的三個歷史：（一）賈氏家族興衰史；（二）個體命運滄桑史；（三）社會變遷史。《紅樓夢》涉及到家族的興衰史，最後講到了抄家。這個手筆非常不簡單。曹家（即《紅樓夢》寫的賈家）它是如何衰亡的？胡適先生是第一個發現《紅樓夢》的作者是曹雪芹，在這一點上，他的貢獻很大。但是他對賈府興衰的解釋是不準確的。他將賈家從興盛到衰弱的過程歸結為「樹倒猢猻散」，「坐吃山空」的自然趨勢和結果。後來胡適的學生周汝昌先生通過認真的考證，發現不是自然結果，而是人為結果，這是很大的發現。周先生把一生都獻給《紅樓夢》，他的考證主要是說，貴族家族的興衰史主要是政治歷史原因。

第二個是個人命運的歷史。這一點《紅樓夢》寫得十分精彩，應該說每個人都有他／她自己的命運。尤其是在《紅樓夢》的第五回——「遊幻境指迷十二釵　飲仙醪曲演紅樓夢」，這一

回非常主要。每一首詩對每一個女子的命運都有預告。比如寫給妙玉:「欲潔何曾潔,云空未必空。可憐金玉質,終陷淖泥中。」寫給香菱的是「根並荷花一莖香,平生遭際實堪傷。自從兩地生孤木,致使香魂返故鄉」。《紅樓夢》這部小說就是寫她們的命運史,每一個人都有自己的命運史。

《紅樓夢》還展示了社會變遷史。我前面談到,歷史代表人文的深度,這是在一般意義上說的。但是偉大的文學經典極品也有歷史的深度,甚至比史書更有深度。西方的《伊利亞德》和東方的《紅樓夢》,就有歷史的深度。應該說,《紅樓夢》的境界不是歷史的境界,這一點王國維早已讀破。王國維把《紅樓夢》和《桃花扇》相比,他說《桃花扇》是歷史的,政治的,國家的。而《紅樓夢》是審美的,宇宙的,文學的。王國維真是一個天才,他說得非常準確。《紅樓夢》的境界不是歷史的境界,但它有歷史的深度。故此,對於《紅樓夢》的社會變遷史,我們只要看它兩個方面:一方面,我們可以看出清朝的雍正時代,科舉制和世襲制相互交替,例如賈府只能世襲兩個貴族職位,一個是榮國府的一品將軍,由長子賈赦繼承;另一個是寧國府的威烈三品將軍,由賈敬繼承。但賈敬熱衷於道教,好煉丹,所以由他的兒子賈珍繼承了三品爵位。可見當時不僅僅只有貴族世襲制,它還有科舉制,這意味着時代內涵已經發生轉變。雖然到了後來,科舉制變成了壞的東西,阻礙中國進步,但在當時,科舉制跟世襲比較,它還是比較進步的。賈政最生氣就是賈寶玉老不去考科舉,老不爭氣,不好好去讀聖賢書。此外,《紅樓夢》還寫了中國已從古典的鄉村社會進步進入近代的城市社會,農業社會與商

業社會已經發生交替了。一方面，我們可以看到賈府真的是一個大地主啊。劉姥姥說得很好，賈府的人聽了很高興，她說：「你老拔根汗毛比我們的腰還粗呢。」當時是農業社會，賈府是大地主。他們屬下還有小地主，那個小地主的名字叫做烏進孝。烏進孝每年都要送農產品給賈府，他管九個村，年終獻給賈府的單子，念出來都要嚇一跳：

大鹿三十隻，獐子五十隻，狍子五十隻，暹豬二十個，湯豬二十個，龍豬二十個，野豬二十個，家臘豬二十個，野羊二十個，青羊二十個，家湯羊二十個，家風羊二十個，鱘鰉魚二個，各色雜魚二百斤，活雞、鴨、鵝各二百隻，風雞、鴨、鵝二百隻，野雞、兔子各二百對，熊掌二十對，鹿筋二十斤，海參五十斤，鹿舌五十條，牛舌五十條，蟶乾二十斤，榛、松、桃、杏穰各二口袋，大對蝦五十對，乾蝦二百斤，銀霜炭上等選用一千斤、中等二千斤，柴炭三萬斤，御田胭脂米二石，碧糯五十斛，白糯五十斛，粉粳五十斛，雜色粱穀各五十斛，下用常米一千石，各色乾菜一車，外賣粱穀、牲口各項之銀共折銀二千五百兩。外門下孝敬哥兒姐兒頑意：活鹿兩對，活白兔四對，黑兔四對，活錦雞兩對，西洋鴨兩對。

小地主供養賈府大地主。賈珍看到這麼多東西，還嫌太少，說了一句：「我算定了你至少也有五千兩銀子來，這夠作什麼的！

如今你們一共只剩了八九個莊子，今年倒有兩處報了旱澇，你們又打擂台，真真是又教別過年了。」烏進孝解釋道：「爺的這地方還算好呢！我兄弟離我那裏只一百多里，誰知竟大差了。他現管着那府裏八處莊地，比爺這邊多着幾倍，今年也只這些東西，不過多二三千兩銀子，也是有饑荒打呢。」由此可見，農業和地主制在當時還是佔了很大的比例。同時，商業也是。例如薛蟠，生意做得很大，也賺了很多錢。總之，《紅樓夢》展示了最真實的社會變遷史，清朝便是科舉制與世襲制並舉，商業社會與農業社會並舉的歷史現狀。

還有一個，是史裏閱讀。說到史裏閱讀，《炎黃春秋》的一個總編輯名叫吳思，他在做歷史研究的時候發現了「潛規則」。他說我們讀歷史，要注意藏匿於歷史深處的潛規則。我們中國歷史中有很多潛規則，真正起決定作用的就是這些潛規則。所謂的潛規則，就是那些無法拿到枱面上卻真正左右歷史走向的規則，也就是政府雖沒有明文規定，但在私下卻四處橫行的規則。《紅樓夢》把潛規則寫得非常好，我主要講三個：

第一個是錢能通神。例如王熙鳳到鐵檻寺的時候，一位老尼姑要請她幫忙。老尼姑見王熙鳳回到淨室休息之際，便趁機向鳳姐請求幫忙。鳳姐因問何事。原來，老尼姑有一個張施主，是一個大財主。他有個女兒名叫金哥，已經與長安守備的公子定下婚約。可是最近發生一件事，長安知府太太的弟弟李衙內看上了金哥，便派人來求親。知府的官職比守備大，自然是得讓給知府親屬。可是守備偏偏不同意，說我們已經送了聘禮，堅決不退婚。此時三家處於膠着狀態，十分麻煩。老尼姑說，我們聽說賈府老

爺與長安節度雲老爺是老朋友，能否幫他們通融一下，讓守備退婚，讓金哥嫁給李衙內。王熙鳳就說小事一樁，不過你得給我三千兩銀子。而這三千兩銀子，也不過是打發給小夥計作路費用的。她自己可是有錢的，別說三千兩，三萬兩都拿得出來。這把王熙鳳會講大話的性格也展現出來。老尼姑聽了很高興，說三千兩銀子沒問題，請奶奶打理妥當。王熙鳳說你知道我是不怕什麼地獄陰司報應的，我回去就辦。這就是為什麼王熙鳳在瀟湘館鬧鬼的時候十分害怕，就是因為她做了許多壞事，心虛。

第二個是「護官符」決定一切。在《紅樓夢》前幾回中，賈雨村曾是林黛玉的老師，所以賈政走了後門，給了他當一個應天府知府的烏紗帽。俗話說「新官上任三把火」，賈雨村上台時也想做點好事，可是他剛一上任，就遇到了一件人命官司 —— 薛蟠打死了想娶香菱的馮淵。賈雨村聽後，頗為生氣，人命關天，豈是兒戲?！他要求立刻抓捕薛蟠。這個時候，他身邊一個門子給他使了個眼色兒，讓他不要抓人。賈雨村不甚理解，問他，你剛才給我使眼色什麼意思。門子問，老爺你不知道「護官符」嗎？在我們這個地方當官，要懂得「護官符」。你若是不懂「護官符」，丟烏紗帽事小，連性命都難保。說罷，門子就拿出了一張抄寫的「護官符」給賈雨村過目，告訴他萬萬不可得罪這四大家族：

賈不假，白玉為堂金作馬。
阿房宮，三百里，住不下金陵一個史。
東海缺少白玉床，龍王來請金陵王。
豐年好大「雪」，珍珠如土金如鐵。

門子的「護官符」一下子提醒了賈雨村，賈雨村馬上把事情化小，拿了一些錢給馮淵家，草草了結此案。然後，他又把這個門子充軍到遠方邊疆。從此，此事無人知曉。這就是中國官場的黑暗，吏治的黑暗，歷史的黑暗！到現在仍舊可以看到潛規則左右一切，這是藏在中國歷史深層的東西，十分真實，也十分可怕。

　　第三個是「得人得天下」。西方人講制度的好壞，但是中國講究的是得人，得到一個接班人，後繼有人最重要。一個皇帝最憂慮的就是斷後，沒有後人。在《紅樓夢》中，榮國府有一個賈珠——賈寶玉的哥哥，但他夭折了，所以全家人都指望着賈寶玉。可是寶玉偏偏不是這個「料」，把賈政氣死了。賈政看到他就不順眼，罵他是孽障。賈政的強烈反應恰好反映出了這麼一個規律，一個貴族家族是否可以興盛下去，關鍵在於是否有一個好的接班人。賈寶玉不爭氣，不好好讀聖賢書，搞科舉，所以賈政恨死他了，把他往死裏打。中國的王朝，有不少都因皇帝太小，當不了「接班人」，就衰落了。《紅樓夢》也反映了這一歷史的真實。

　　雖然《紅樓夢》在歷史維度上的筆墨不是很多，但是都十分深刻。

四

　　最後談一下，從哲學維度閱讀《紅樓夢》。哲學維度的閱讀我講過好幾次。在六、七年前，我的母校廈門大學請我去演講。

那時候我的演講題目是「紅樓夢的哲學意義」，我專門談哲學，講《紅樓夢》哲學意義的五個要點，即「心靈本體論」。我以前只談到認識論，分為深層認識論和表層認識論。用深層認識論閱讀《紅樓夢》非常重要。《紅樓夢》中，深層和表層是不同的。我們可以看到書中對儒家、道家、佛家的深層和表層是不一樣的。曹雪芹對表層的儒家、表層的道家、表層的佛家／釋家都非常討厭。表層的儒家就是所謂的規章制度、意識形態，他不喜歡。表層的道家就是賈敬，整天煉丹，最後走火入魔，吃丹而死。至於表層的佛家／釋家，曹雪芹也表現出「不喜歡」。例如襲人對賈寶玉說，你不要毀僧謗道，可見寶玉是非常討厭佛家外在形象的。而且，《紅樓夢》中許多人都對佛家有不敬之語，包括薛寶釵。她曾經打趣說到，現在的如來佛比誰都要忙啊。但是，《紅樓夢》對儒家的深層、道家的深層以及佛家的深層思想卻非常尊重，也寫得非常好。儒家的深層思想之一是李澤厚先生所說的「情本體」，例如對父母很敬重。這一點，在賈寶玉身上體現得十分具體。他表層是一個逆子，深層是一個孝子，而他的本質是一個赤子。道家的表層，是曹雪芹鄙視的賈敬煉丹，但深層則是老莊的思想。林黛玉正是道家深層文化的生命極品。賈寶玉和林黛玉一個修的是「愛」的法門，一個修的是「智慧」的法門。賈寶玉在愛的方面，他總是比林黛玉強。林黛玉只重「情愛」，而賈寶玉不光講「情愛」，他還講「友情」，講「親情」，講「世情」。他的愛比較廣博。但是在智慧的方面，賈寶玉總是不如林黛玉。寫詩不如林黛玉，談禪也是比林黛玉差一點。所以，賈寶玉說：「你證我證，心證意證。是無有證？斯可云證？無可云證，是立

足境。」林黛玉看了覺得他的境界不夠，馬上增添了八個字：「無立足境，方是乾淨。」一下子把他的智慧境界提高了。「無立足境，方是乾淨」，說的是你不要追求立足境，即有所依賴。莊子《逍遙遊》裏說，我的境界比列子的境界要高一籌。列子逆風而行，可是他還要依附風。莊子說我不需要，我像大鵬一樣，扶搖而上九萬里，這是無待境界。可以說，賈寶玉這個人是在林黛玉的眼淚洗禮下不斷成長，達到無待境界的。小時候，賈寶玉喜歡吃女子的胭脂，以後再也不會有了。年少時，他還有肉慾，看到薛寶釵姐姐雪白的膀子，長得很豐滿，想着這些肉能長在林妹妹身上那該多好。到後來，這些都沒有了。所以，從這角度來說，林黛玉的智慧境界總是比賈寶玉高一籌，林黛玉可謂是引導賈寶玉往前走的引道之永恆女神。這是《紅樓夢》對深層道家思想的尊重。此外，還有佛家的深層思想、禪宗的深層思想。這講起來就非常多了。

接下來，我還要分享兩點。我認為這是個人心得，別人沒有說過的。那就是從存在論和現象學來讀《紅樓夢》。從海德格、沙特的存在主義來讀《紅樓夢》，這是我在多年前應邀到上海圖書館做的一次演講內容，我想了一個題目就是「對《紅樓夢》的存在論閱讀」。我對存在論有一個基本認識，什麼是存在論？自己如何成為自己。這是可能性的哲學，即自己如何可能。沙特說，存在先於本質，任何時候都有選擇的自由，所以我跟李澤厚開玩笑說，你把康德的總命題 —— 認識如何可能改成了另一個命題 —— 人類如何可能，人類如何理性化，自然如何人性化、理性化。所以他把人看作是歷史的存在。通過歷史實踐和積澱，使人

類理性化。我說，我現在要步你們的後塵，講第三個命題，那就是自己如何可能，自己如何成為自己。《紅樓夢》就是這麼一部哲學的書，它不是一部哲學形態的書，但處處充滿着哲學。所以我今天特意帶了這本書——《賈寶玉論》，談到《紅樓夢》裏「自己成為自己」，或「自己不成為自己」的四十種人。

第一種類型是「意識到自己，又敢於成為自己」，但到最後還是不能成為自己的，如賈寶玉、林黛玉、妙玉等。他們意識到了自己，卻無法成為自己，最終還是無法實現自己。賈寶玉在抓鬮的時候，還未受教育，憑借天性就去抓了女人的釵環水粉。他的父親賈政氣死了，罵道「好色之徒也」。賈政不讓寶玉成為自己。其實釵環水粉只是一種象徵物，象徵着他到地球來一回，要追求的是自由與美的東西，符合天性的東西，除了賈政，寶釵、襲人等都在阻礙寶玉成為自己，甚至連史湘雲、秦鐘、北靜王、甄寶玉都在勸他不要這樣或那樣，要走正路。

第二種是「意識到自己」，但刻意撲滅自己。薛寶釵就是這樣的人。薛寶釵其實是意識到自己的，但是她不敢成為自己，所以她吃冷香丸，撲滅青春的火焰。

第三種類型是想成為自己但被社會所撲滅。這不是自我撲滅，而是被他者所撲滅，像鴛鴦，像晴雯，像尤三姐。還有一種是從根本上不能意識到自己，例如襲人。還有一種是本想成為自己，但被社會所撲滅。大家有興趣可以看看這本書。

最後我要講現象學，這個比較高深一點，但相信這是我一個獨特的心得。現象學是德國胡塞爾所提出的。我對現象學的理解是我們要如何擁抱事物的真相。我們要擁抱事物的真相就得懸擱

那些世俗的概念觀點、思維定式和思維慣性，所以在《紅樓夢》裏面，這兩個主角都很厲害。林黛玉一到賈府，聽到賈寶玉要來了，王夫人告訴她，我這個兒子是「混世魔王」，你要小心。但林黛玉不用「混世魔王」這個概念來看賈寶玉，她懸擱他人的偏見，自己來認識賈寶玉這個對象。因此，在林黛玉的眼中，賈寶玉一直是個單純的美少年，讓她一直深愛着。還有，賈寶玉也是天生一個現象論者。這一點曹雪芹很了不起。寶玉從來不按照世俗人眼中的定義看人。他認為鴛鴦、晴雯這些女子，世人都說她們是丫鬟、奴婢、下人，但在他心裏，晴雯就是晴雯，鴛鴦就是鴛鴦。她們就是非常美的生命。他在寫〈芙蓉女兒誄〉的時候，就把一個世俗人眼中的「狐狸精」、下人、女奴，當做天使來歌頌，這個境界比《離騷》還要高。這就是所謂的現象學。當然，《紅樓夢》中也舉出了反例。例如柳湘蓮他就錯了。他按照思維定式——賈府裏面沒有乾淨的女子，所以對尤三姐誤解。知道尤三姐為自己而死之後，柳湘蓮痛哭流涕，剃髮為僧。從現象學的角度來看《紅樓夢》，它完全走出人們的思維定式，真是一部偉大的處處具有原創性的作品。

《紅樓夢》的哲學要點 [1]

一

　　我這次講的題目是「《紅樓夢》的哲學要點」。我在母校選擇這樣的題目演講並不唐突。首先，中國現代文學最偉大的作家魯迅在一九二六年到廈門大學任教的時候，就留下關於《紅樓夢》的非常重要的文章，那時有個年輕人，叫陳夢韶，也就是我的老師陳敦仁先生，他把《紅樓夢》改編成一個劇本，叫做《絳洞花主》，請魯迅先生指教。魯迅當時快離開廈門大學了，卻為我的老師寫了一篇〈《絳洞花主》小引〉，留下名言。他說不同的人看《紅樓夢》，都會看出不同的內容，易學家、道學家、革命家從書裏看到的都不一樣，而「在我的眼下的寶玉，卻看見他看見許多死亡」。這是魯迅在廈門大學寫的。另外還有一個經歷。當時王亞南校長在學校裏有一個講述《資本論》的學術講座，有很多人擠不進去，我在人群最後擠到一個位置。王校長是江西口音，報告中有很多話都聽不清楚，可是有兩句話我聽到了，他說：「大家不要害怕《資本論》這本大部頭，你讀進去就像讀偉大的文學作品《紅樓夢》。」這句話一直積澱在我的心靈深處，後來到北京又發現王亞南校長也寫評論《紅樓夢》的文章，談《紅

1　文章整理自於二〇一一年四月四日在廈門大學建南大會堂舉行的一個廈門大學九十周年校慶論壇之「走近大師」系列講座，講題為「《紅樓夢》的哲學意義」。

樓夢》的經濟，原來我們的校長就是研究《紅樓夢》的先鋒，我今次正是步他的後塵，給大家講《紅樓夢》。

《紅樓夢》是個巨大的磁場，有人說是巨大的情場，我認為說它是巨大的磁場更好，但我不怕進入《紅樓夢》。毛澤東主席作為一個領袖，竟讀了五遍《紅樓夢》，還說了一句非常重要的話。他在《論十大關係》裏說，中華民族有三件事情最值得驕傲，一是人口眾多，二是地大物博，三是我們有《紅樓夢》。在領袖人物之中，能對文學有這種感覺的很少，我贊成毛主席的看法：《紅樓夢》了不得。因為毛主席這段話，我又想起了英國卡萊爾的一句話，詩人艾青寫過一篇文章〈尊重作家，理解作家〉，他引用了一句話：「我們寧可失去印度，也不能失去莎士比亞。」這句話到底是誰先說的？有人說是邱吉爾。後來我作了考證，發現首先說的是卡萊爾，他是英國的思想家、歷史學家，寫過《英雄與英雄崇拜》。他在這本書裏作了解釋，因為印度是我們腳下的土地，而莎士比亞是我們精神的天空，寧可失去腳下的土地，也不能失去精神的天空。歷史將會證明，《紅樓夢》對於中國來說，就是我們的精神天空。借用這句話，我們也可以說寧可失去外蒙古，也不能失去曹雪芹。《紅樓夢》就是這麼重要。

我自己有個感覺，《紅樓夢》一旦讀進去，整個心靈、整個人生的感覺就不同，連吃飯、睡覺的感覺都不同。我完全是以生命進入《紅樓夢》，讀時不是用頭腦閱讀，而是用心靈、用生命去閱讀。我已寫出四本領悟《紅樓夢》的書，叫做「紅樓四書」，由北京三聯和香港三聯同時出版。第一本《紅樓夢悟》，第二本《共悟紅樓》（和我的大女兒劍梅合作），第三本《紅樓人三十種

解讀》，第四本《紅樓哲學筆記》，大約九十萬字。

二

我寫「紅樓四書」的着眼點跟以往的研究者不同，最基本有三點。第一點，我不再把《紅樓夢》作為研究對象，而是作為生命的體認對象，即以生命感悟對象。如果將其視作研究對象，首先是把它作為客觀對象，然後用頭腦進行邏輯分析，這時主客觀是分離的。而作為生命體認的對象就不是這樣了，那不是用頭腦閱讀，而是用全副生命去閱讀，用我們文學研究所老所長、詩人何其芳的話說，是以心發現心，也就是「心心相印」，這是主體和客體的融合，跟賈寶玉、林黛玉、薛寶釵等心靈融合，用我的心靈去發現他們的心靈。

第二是方法上的不同。我用悟證代替實證和論證。過去的《紅樓夢》研究，在考證方面取得很大成就，如胡適、俞平伯、周汝昌等都有所成就。周汝昌的《紅樓夢新證》寫得非常好，我非常喜歡。他九十三歲了，雙目失明，只能靠兒子讀給他聽，在這種情況下，他聽讀我部分的「紅樓四書」，還寫了首詩鼓勵我，叫《敬贈劉再復先生》，我看了非常感動。不久前，他聽了我和我女兒的對話，然後讓兒子把他的話記下告訴我，說：「聽了劉再復先生和他女兒的這番對話（我們的對話是有關「真俗兩諦的互補結構」），可以說這是兩百多年來對《紅樓夢》的最高認識水平，真是三生有幸。」老先生這麼謙虛，令人感動，當然這對我是溢美，是過分誇獎。

考證屬實證。另一種方法是論證，從王國維的《紅樓夢評論》開始，研究者一直都着重論證，這次我着意用悟證代替實證和論證。悟證是直覺的方法，是禪宗「明心見性」的方法，不是邏輯的方法；論證是用邏輯分析。我想把《紅樓夢》研究從考古學、考證學、歷史學拉回到哲學、文學。悟證就是直覺的方法，也可以說是採用莊子的方法，而不是惠施的方法。我們知道，莊子和惠施是朋友，兩個都能當宰相，但是莊子不當，惠施當。一天兩人在橋上觀魚，莊子說：「你看魚很快樂。」惠施說：「你不是魚，怎麼知道魚很快樂？」這實際上是兩種思維方式的論辯。莊子的方法是屬於直覺的，惠施的方法是屬於邏輯的。我用的是莊子的方式，用直覺方式替代邏輯方式，這並非沒有道理。世界上本有兩種不同的基本知識類型，也可以說是兩種不同的真理方式，一種是啟迪性真理，一種是實在性真理。實在性真理是科學真理，需要邏輯，需要思辨，需要分析。啟迪性真理則沒有邏輯過程與思辨過程。實在性真理可稱作「雅典的真理」，啟迪性真理可稱「耶路撒冷的真理」，我用的是耶路撒冷的方式，用悟證代替論證、實證。「紅樓四書」中有六百段悟語，每段五百字左右，都是「明心見性」的直覺之語。

第三是我的創作態度發生了根本變化。我對《紅樓夢》的閱讀和講述再也沒有任何外在的目的，我寫這些書不是為了評職稱，也不是生命的點綴品，完全是一種生命的需要、心靈的需求。我有一個年輕的朋友，在北大讀書時常常到我那裏翻閱我的書，他叫王強。我們在市場上可買到他的英語錄音帶《王強口語》。他從美國留學回國後就到北京新東方英語學院當副校長，

英文、中文都非常好，比我小二十幾歲，我的書請他作序，他有篇序文是談我的散文，他說劉再復（平時叫我劉叔叔）的講述，包括散文和談《紅樓夢》，很像《一千零一夜》中那個波斯宰相的女兒。我們都知道那宰相女兒講述一千零一夜的故事是為了什麼原因——國王發現皇后跟一個奴隸私通，非常憤怒，決心向所有女子報復，於是每天晚上跟一個女子睡覺，然後在第二天就把她殺掉，讓她再沒有機會去跟別的男人談情說愛，很殘忍。這宰相的女兒為了拯救女性姐妹，自告奮勇嫁給國王，嫁後就給國王講故事，每天晚上講一段，講得非常精彩，但沒把故事講完，國王想再聽下去，就不殺她；第二天她繼續講，又沒講完，講了一千零一夜。他說劉再復的講述很像這個宰相的女兒，講述的目的是生命的需求，是活下去的需求，不講就沒有明天，完全沒有外在的功利目的。這就是我的講述態度，我的寫作態度。接下去我要講《紅樓夢》的五個哲學要點。

三

　　《紅樓夢》是部文學書，怎麼講哲學？我個人興趣廣泛，對文史哲都非常喜歡，追求能夠把學問、思想、文采打通，把文學、歷史、哲學打通。我覺得在人文科學裏，文學代表精神的廣度，歷史代表精神的深度，哲學代表精神的高度，三者如果能結合起來最好。過去談《紅樓夢》，似乎缺少哲學高度。《紅樓夢》哲學和平常的哲學不一樣，哲學一般訴諸邏輯，訴諸概念，《紅樓夢》哲學則訴諸意象，訴諸形象。

我們知道《紅樓夢》裏有一個大觀園，大家都談大觀園，但是沒有人從大觀園這個名詞裏抽象出大觀的眼睛。我把大觀的視角抽象出來了，只有具備視角才能稱作哲學。我認為哲學和思想最大的區別是哲學一定要有視角，思想則不一定。我們要求文學作品要有思想性，《紅樓夢》有哲學，因為它有視角，我概括為「大觀視角」。這個大觀視角如果用愛因斯坦的語言來表述，便是宇宙的極境眼睛，站在宇宙的高處看世界，從宇宙的極境看地球、看人，地球只是一粒塵埃，一個人更是一粒塵埃，所以我們要永遠謙卑。但是我們不必悲觀，因為這粒塵埃跟着整個宇宙結構在運行，我們可以在運行中創造意義。我讀「六經」後發現，諸經在這一點上是相通的。《金剛經》把人類眼睛分為五種：天眼、佛眼、法眼、慧眼、肉眼。大觀的眼睛就是天眼。《金剛經》為何了不得？因為它用天眼，即用宇宙的極境眼睛來看世界。裏面有兩句話很重要，「恒河沙數，沙數恒河」。我們一個人怎麼界定自己的位置？恒河邊上那麼多沙子，我們只是其中的一粒沙子，可是宇宙裏本身又有多少條恒河呢？沙數恒河。後來讀《莊子》，再次發現這個相通點。莊子在〈秋水〉篇裏講到有好幾種眼睛，它用了「觀」這個概念，觀便是視角。莊子把觀分為道觀、物觀、俗觀、差觀、功觀、趣觀，也可以說是道眼、物眼、俗眼、差眼、功眼、趣眼。當中最重要的是道眼，道眼就是大觀眼睛、大觀視角。《逍遙遊》用道眼看世界，就分為了大知與小知。《紅樓夢》正是用大觀的眼睛看世界，才發現人生不僅有悲劇性，而且有荒誕性。《好了歌》便是荒誕歌，人生那麼短，可是人們只知追名逐利，追求無窮盡的財富、無窮盡的權力，不知

到地球上來一回是為了什麼，若用大觀眼睛看，這是荒誕的。王國維只講了《紅樓夢》的悲劇，我再開掘另一個層面，即荒誕劇的層面，為王國維的《紅樓夢評論》作一些補充。

王國維是我國近代史上一個先知型的天才，他是第一個用叔本華哲學來觀照《紅樓夢》，並作出了結論：《紅樓夢》是悲劇的悲劇，是最深刻的悲劇。這是很了不起的。每個人的內在都很豐富，尤其是大名人，不是那麼簡單的。王國維雖然在政治上很保守，但他也很豐富複雜。近代三個拒絕剪辮子的學者都很有才能，一個是王國維，一個是沈曾植，還有一個是辜鴻銘，他們都拒絕剪辮子，確實很保守。後來張勳的辮子軍到北京，王國維確實還和辮子軍勾勾搭搭，可是王國維的學術眼光、學術方法都是最先進的。他把德國最先進的哲學家康德、尼采都引進了，還引進叔本華用以解說《紅樓夢》，這對我們是很大的啟發，可是他只說《紅樓夢》是悲劇，沒有說《紅樓夢》同樣是荒誕劇，寫出人生的荒誕。我在台灣東海大學演講的時候特別聲明一下，你們不要覺得我狂妄，給王國維作補充，他寫《紅樓夢評論》時才二十幾歲，我現在都已六十幾歲了，為什麼就不能補充？大觀視角，這是《紅樓夢》哲學第一要點。

第二個要點是心靈本體。這也是《紅樓夢》的主題。主體、本體是哲學的重大概念，什麼是主體？主體就是人，那麼本體是什麼意思呢？本體就是根本、根源、最後的實在。若問最後的實在是什麼意思，也就是問最重要的是什麼。《紅樓夢》告訴我們，最後的實在是心靈，心是最根本的東西，這就叫做心靈本體論。《紅樓夢》不講政治本體、歷史本體、上帝本體，就講心靈本體。

《紅樓夢》是一部大心學，是王陽明大心學之後最偉大的一部心學。當然它跟王陽明心學有所不同，王陽明心學訴諸思辨，訴諸概念，曹雪芹的心學則訴諸意象，訴諸形象，但都是心學。《紅樓夢》最後的部分有個非常重要的結尾，那是哲學意味與心學意味的形而上結尾，所以我不完全否定高鶚的續書。儘管從境界上說，高鶚的後四十回不如前八十回，當中有很多問題，但也有它的長處，其中最重要的是凸顯心靈本體。小說最後要結束時，賈寶玉快出家了，有天他身上戴的玉丟掉了，他的妻子薛寶釵和襲人兩個慌張得不得了，四處尋找。寶玉告訴她們：「你們這些人，原來重玉不重人哪！」這是一句話，另一句是：「我已經有了心了，要那玉何用？」心比所有的物質都重要，也比玉重要，心才是根本。賈寶玉是個富貴嬰兒，他的很多故事是在兒童、少年時期發生的。第一次賈寶玉和林黛玉見面時才七八歲，兩個人好像在談戀愛，但其實他們還在童年時期。我把寶玉的心靈稱作嬰兒宇宙，嬰兒宇宙是從英國物理學家霍金那裏拿過來的。他有個猜測，說我們這個無邊的宇宙裏面可能派生出一個嬰兒宇宙。我這個嬰兒宇宙的概念跟他沒什麼關係，只是借用他的概念（吳忠超先生把霍金的一部文集譯為《黑洞與嬰兒宇宙》），賈寶玉的心靈可以說是一個嬰兒宇宙。王陽明說「吾心即宇宙，宇宙即吾心」。我一直認為有個外宇宙，就是我們看到的大自然外宇宙，另外還有一個內宇宙，即我們的心靈宇宙，那也是無邊的存在。

《紅樓夢》塑造的心靈就是嬰兒宇宙。它有好幾個特徵。第一個是這心靈絕對沒有遮蔽，絕對沒有面具，絕對真。賈寶玉最怕的是什麼東西？有一天他到寧國府，秦可卿帶他去她的臥室睡

覺，一進去就看到裏面一副對聯：「世事洞明皆學問，人情練達即文章。」他看了以後嚇死了，趕緊跑。因為他那很純真、很天真的心靈容不得世故的東西，圓滑世故對他來說是最可怕的。他對他的兄弟姐妹都很愛，探春要出嫁，他哭了，受不了。他愛探春這個姐妹，可是對探春有過微詞，也是唯一的一次微詞。探春管理家庭需要精打細算，這有她的道理，持家若完全不算帳怎麼行。那些荷葉、那些花既然值一點錢，即使是一朵花、一片荷葉都要拿去賣錢，但賈寶玉對探春的這種做法很反感。我想到俄國哲學家講過一句話：「上帝是藝術家不是數學家。」賈寶玉的心靈是基督心靈，不懂算計，不長心機，完全是真心，完全是本心、赤子之心，所以我把賈寶玉界定為准基督，准釋迦牟尼就是快成基督，快成釋迦牟尼了。

聶紺弩是我的一個忘年之交，他是左翼作家，一位非常了不起的作家。他去世後把一生積累的九箱線裝書全都送給我。他被打成胡風分子，被打成右派分子，在文化大革命中因為罵江青、罵林彪，又被打成現行反革命分子，須坐牢。當時獄中允許他做的一件事就是讀《資本論》，他把《資本論》讀了四遍，寫了幾千個批條，後來在臨終前把《資本論》交給我，在監牢裏寫的字也交給我。出獄後他雖是全國政協委員，但身體不好，不能去開會，整天一副皮包骨地坐在床角讀寫《紅樓夢》。有天他發燒至 39.5℃，還不肯去醫院，他的太太周穎大姐和很多朋友都叫他去，但他完全不肯。周穎大姐說要去找再復，我便走去找他，說：「聶老，你這次一定要進醫院。」他跟我說了一句話，說的時候手還抓着床：「再復，我跟你說，只要你們讓我把這篇〈賈

寶玉論〉寫完，你們把我送到哪裏去都可以，由你們處置。」他就像春蠶吐絲，要把最後一縷絲吐出來才能死而瞑目。這句話給我很大震撼，所以我一定要把《賈寶玉論》寫出來。賈寶玉到底是什麼人？賈寶玉的優秀之處在哪裏？我明白了，了不得之處就是那顆心靈。賈寶玉除了人性之外，身上還有一種神性，所以他不會被世俗的灰塵所污染。

　　第三個要點是中道智慧。什麼叫中道智慧？我等會兒再說，我先說一點個人狀態以告慰母校。我喜歡曾國藩的一句話：黎明即起。曾國藩為什麼那麼用功？他在統帥三軍與太平天國打仗的時候，還寫了那麼多日記、書信，他告訴子弟不能睡懶覺，要「黎明即起」。我受其啟發始終堅持這一點，就是黎明就起床。享受黎明不光是爭取一兩個小時時間，主要是因為那個時段的精神狀態較佳，可以用功讀書。什麼書我都愛讀，盡可能閱讀，盡可能吸收。我讀書後發現地球上最了不得的文化高峰有三座：一是西方哲學，二是大乘智慧，三是我們中國的先秦經典。這三個絕對是奇峰，絕對是巔峰，了不得，顛撲不破。走遍世界，我們會發現人文傳統最發達的是兩處，一個是歐洲人文傳統，一個是中國人文傳統。中國把大乘佛教中國化以後變成禪宗，接受大乘智慧。中國擁有大乘智慧，更是擁有先秦智慧。孔孟老莊這些先秦經典了不得，這些經典都帶有天地元氣，我的工作是盡可能把這三座奇峰的血脈打通。後來我發現三座文化高峰有個相通的大智慧，這就是中道智慧。三峰都把中道智慧看成最高境界。中道智慧如果用很通俗的語言表述，就是不要走極端，不要偏執，就是確認兩極對峙中有一中間地帶。西方哲學最高的水準由康德體

現，康德最了不得的地方是提出四大悖論，悖論其實就是中道。哲學上有三個名詞，一個是矛盾，一個是悖論，一個是二律背反，其實本來都是同一個意思。毛主席寫《矛盾論》，「矛盾」這一概念比較通俗，再學術一點就是悖論，更學術化就是康德所說的二律背反。悖論是什麼意思？那是兩個相反的命題都符合充分理由律。比如我講性格組合論，說劉再復很用功是對的，說劉再復很懶惰也是對的，在不同的情境下會有不同的說法。我講性格組合論，也是講性格運動的悖論，就像孔夫子所說的「祭神如神在」，我比較相信這種說法，所以寧可把上帝作為形而上的假設。我的小女兒信基督教，有一次給我抄稿子，看到我說上帝是一種形而上的假設，很生氣，從房間裏跑出來說：「爸爸，你說上帝是形而上的假設，不對，他是真實的存在，我現在不給你抄了。」我恰恰覺得兩個命題都有道理，存在、不存在，都有道理。這是中道，實際上是一種很高的智慧。而中道智慧本來出自大乘佛教，是大乘佛教的祖師龍樹在他的《中論》中提出來的。龍樹在印度已被立了廟，他有很多著作，創中觀學說，講中道智慧。

中國的佛教有很多宗派，但最重要的有八個：天台宗、淨土宗、華嚴宗、三論宗、禪宗、律宗、密宗、唯識宗等，共同崇奉一個師祖就是龍樹。他最著名的著作是《中論》，這個中道講起來很長，但是最重要的觀念是講俗諦與真諦兩者都各有道理。所謂俗諦就是世俗生活，即我們要吃飯，需要衣食住行，我們必須生活，所以世俗要求是合理的，這叫世間法。但人生除了衣食住行以外，還要創造意義，也就是從衣食住行中跳出來，從世間

法裏超越出來，回歸本真本然，就叫真諦。俗諦與真諦都符合充分理由律，這也是悖論。俗諦是世界原則，真諦是宇宙原則，兩者都有它的道理。我國的先秦經典，也講中道，最直接的是講中庸、中和，但是中道比中庸還要更高一點，因為中庸有時不得不和稀泥。中道則超越出來，在更高的哲學層面上看善惡、是非衝突的雙方，用悲憫的眼睛來看衝突的雙方。中國的陰陽互補、儒道互補實際上也是一種中道。《紅樓夢》很了不得，中道浸透了整個小說文本，一開篇賈雨村談的哲學就是曹雪芹的中道哲學，通過賈雨村說歷史產生兩極，即大仁與大惡，但是《紅樓夢》所寫的是第三種人性，不是大仁，不是大惡，而是中性人、中道人，書中一開始講的就是這點，浸透《紅樓夢》的哲學是「假作真來真亦假，無為有處有還無」，超越世間的是非、善惡、好壞這些標準，但不是說完全不分善惡，而是站在更高的層面上來觀照善惡，對衝突的兩端都給予理解的同情，這一點只能靠我們自己去感悟。

我在「紅樓四書」裏面講的一句話，有些年輕朋友給我寫信說不太能夠理解。我說《紅樓夢》是一部無是無非無善無惡無好無壞無因無果的藝術大自在。我說它是一種超越的存在，即超越道德境界，站在更高的境界去看善惡。馮友蘭先生就把哲學境界分成四級。第一是自然境界，接近動物；第二是功利境界，接下去是道德境界，更高的是天地境界。《紅樓夢》已抵達天地境界，中道便屬天地境界。站在天地境界來看道德看善惡，便是超越善惡。這不是說世俗社會裏沒有善惡，而是說從更高的天地境界來看，對善惡衝突的雙方都投以悲憫的目光。王國維的《紅樓夢評

論》有一個很大的貢獻是講中國文學有兩大境界，一個是《桃花扇》境界，一個是《紅樓夢》境界。他用三個詞來表述《桃花扇》境界：政治的、歷史的、國民的，《紅樓夢》境界則是宇宙的、哲學的、文學的，宇宙境界便是天地境界。我說的無是無非、無善無惡，就是超越了道德境界而進入更高的天地境界，審美境界，即王國維所說的宇宙境界。

賈寶玉本身是一個中道的載體，所以他心目中沒有壞人。對於薛蟠，我們會覺得他是壞人，他在《紅樓夢》裏是欲望的化身，可是寶玉跟薛蟠可以成為很好的朋友，跟他一起唱和。當時連薛蟠的媽媽都罵他很壞，賈寶玉不，老是替他說話。賈寶玉這個人五毒不傷。「我不入地獄誰來入」對我們來講很悲壯，但對賈寶玉來說，入地獄也沒什麼可怕，很平常，因為他五毒不傷，什麼人都可以交往。中道給禪宗帶來一個最基本的思想泉源就是不二法門。禪宗六祖慧能把定和慧這兩個東西統一了，就是不二了。體現在《紅樓夢》裏的不二法門之中，最了不得的就是賈寶玉作為貴族子弟，不分貴賤，即使晴雯是一個女奴隸，他也把女奴視為最美、最純、最高貴的女子，這便是不二法門。我們講平等，經濟上的平等是不可能的，是永遠的烏托邦。我們講的平等只能是人格的平等與心靈的平等。《紅樓夢》講的就是人格平等與心靈平等。有些人擁有貴族的身份地位，但可能人格很差，像賈赦、賈蓉、賈璉等，全都髒兮兮的，可是這些女奴，那麼美那麼乾淨，賈寶玉把她們看成天使。賈寶玉有個綽號叫「神瑛侍者」。侍者是什麼意思呢？用我們今天的話來說就是服務員。寶玉就是神瑛、神花、美好女孩子的服務員。晴雯、襲人本來是他

的女奴隸，他反過來老要向她們獻殷勤，老要替她們做事，所以是神瑛侍者。我去年（二〇一〇年）在台灣參加文學高峰會，曾經用這個詞組讚揚台灣詩人瘂弦，我覺得他是個神瑛侍者。他的詩本來就寫得非常好，可以說是台灣最好的詩人，後來當《聯合報》副刊主編，他每一天都要讀稿，寫幾十封信給年輕作者，培養了很多年輕作家，把最寶貴的生命都消耗在這裏。後來很多作者都成長起來，變成神瑛了，他就是神瑛侍者。像蔡元培校長，他也是神瑛侍者。好的老師，好的校長，都是神瑛侍者。我們應該當神瑛侍者。賈寶玉完全超勢利，不分尊卑貴賤，只看心靈，不看門第，這便是不二法門。《紅樓夢》的不二法門用熊十力先生的語言表述叫做「泛不二法門」，泛到天上人間，天人合一，物我同一。賈寶玉常對星星發呆，痴痴地看着燕子、魚兒，這些都是泛不二法門。佛教的不二法門到最後還打破了人和生物的界限，大慈大悲，所以才有捨身餵虎的故事。賈寶玉最後也是這樣。佛教的四無量心（慈無量心、悲無量心、捨無量心、喜無量心），對賈寶玉來說都是無師自通的。

中道智慧還體現在《紅樓夢》的整體文本裏。過去沒人講過《紅樓夢》怎麼看人類，怎麼發現人。從這個角度上說，曹雪芹也很了不起，他看人的整體也是中道的，這個中道非常了不得。我們知道西方的文藝復興是一次對人的發現的偉大運動，重新發現人，從中世紀的宗教統治裏面走出來，重新肯定人的尊嚴與價值。他們的策略是復古，回到古希臘，實際上是重新發現人：發現人的了不起，發現人的卓越、人的優秀、人的偉大。莎士比亞的《哈姆雷特》用人間最美好的語言來歌頌人，說人是什

麼呢？人是宇宙的精英，是萬物的靈長，是學者的辯舌，是軍人的利劍，一切好的詞彙都用來歌頌人。大家都知道西方社會曾經有這樣一次人的發現，可是常常忘記西方對人還有第二次發現，第二次發現是由十八世紀醞釀到十九世紀才完成，即到叔本華才完成。叔本華發現人沒有那麼好，發現人的荒誕，人的脆弱，人的黑暗，人的悲劇。叔本華說有一種魔鬼在人的身上，就是人的欲望，這個欲望永遠不能滿足，一個欲望滿足了，新的欲望又來了，永遠在惡性循環。人不是天使，不能掌握自己，完全被魔鬼所掌握，這是第二次發現。後來現代主義思潮就從這裏開始，兩次人的發現都是極端的，一個說人好得不得了，一個說人沒那麼好。《紅樓夢》把握中道，把人寫得非常好，就像天使，你看他寫那些女子，如林黛玉、薛寶釵、晴雯等，哪一個不是美得極致，「女兒」這兩個字比神還有分量。曹雪芹塑造了一系列詩意生命，詩意的女兒。我跟女兒對話時說，可用康德的那個公式來形容：康德是「天上星辰，地上的道德律」，《紅樓夢》則是「天上的星辰，地上的女兒」。女兒是少女，詩意女子。曹雪芹塑造美的生命登峰造極了，世上少見，除了莎士比亞，無人可比，所以我和李澤厚先生認為，如果要評一千年來誰是最優秀的作家，那就是西方的莎士比亞、東方的曹雪芹，兩家共同的特點都是塑造一個最美的詩意女子系列。《紅樓夢》可以說是詩意女子、詩意生命的輓歌，但在另一方面，曹雪芹又發現人並沒有那麼好，他把人有很多問題的這一面也寫得非常好，像趙姨娘、賈赦一類沒落貴族，寫得非常髒，非常無恥，但曹雪芹並沒有把他們寫成魔鬼。他們也有人性的掙扎，不是絕對的壞，所以魯迅先生說

白先勇✕劉再復
紅樓夢對話錄

《紅樓夢》打破了中國小說把好人寫得絕對好，壞人寫得絕對壞這種格局，把人的豐富性表現出來了。他把西方兩次人的發現都涵蓋在裏面，這是我講的第三點，中道智慧。

第四個哲學要點是靈魂悖論。以往的《紅樓夢》研究太意識形態化，老講封建與反封建的鬥爭，認定薛寶釵和賈政代表封建的力量，林黛玉、賈寶玉代表自由的力量，兩種力量不可調和，把薛寶釵跟林黛玉完全對立起來。其實薛寶釵和林黛玉是兩種不同美的類型，對賈寶玉來說，他兩個都愛，怎麼解釋這個問題呢？用哲學來把握就是靈魂的悖論。薛寶釵和林黛玉確有衝突，但這是賈寶玉靈魂的悖論，也可以說是曹雪芹靈魂的悖論。賈寶玉是曹雪芹人格的化身。中國文化有兩個大血脈，一脈是重倫理、重秩序、重教化，這一脈以孔孟為代表為發端，另外一脈則是從老子、莊子到禪宗，這一脈是重自然、重個體生命，兩脈都有道理。中國文化像一個大機體，有動脈，有靜脈。重秩序、重倫理、重教化可稱作動脈，另一個是靜脈。

二〇〇六年我到台灣中央大學做客座教授，在桃源機場的時候，校長劉全生問我，你這回講些什麼？我說，你們現在都講些什麼？他說我們的學生現在整天都在背四書五經。我便說，我這回正好可以給你們作補充，因為四書五經講的是重倫理、重教化、重秩序，但這次我帶來我的六經，即《山海經》、《道德經》、《南華經》、《金剛經》、《六祖壇經》、《紅樓夢》，講的是重自然、重自由、重個體。如果你們現在背的是靜脈，我補充的就是動脈；或者你們講的是動脈，我的是靜脈，這樣互補就更完整了。他聽了很高興，確實這兩個都有道理，可以互補，就如薛寶釵是

重教化、重倫理的孔孟載體，她投射的是儒家文化；林黛玉相反，投射的是莊禪文化，這就形成一種悖論。儒家是重倫理、重教化的文化，化為個體的生命就是薛寶釵，她應該是儒家文化的精彩極品，是儒家文化美的極致。林黛玉屬莊禪文化，也是精彩極品。賈寶玉常常在她們兩個人之間彷徨、徘徊，只不過在當時的天秤上，他更傾向於林黛玉，因為在家庭專制的語境下，也就是在重秩序、重倫理這種太沉重的語境下，他更傾向於林黛玉，就是要強調重自由、重個體。寶黛偷看《西廂記》就是這個道理。林黛玉和薛寶釵這兩個相反的人物形象所負載的思想都是有道理的。過去講林黛玉是個悲劇，沒想到其實薛寶釵是更深刻的悲劇。王國維說過林黛玉的悲劇，沒有說薛寶釵的悲劇，其實薛寶釵的悲劇是更深刻的悲劇。我們注意一下，薛寶釵吃什麼藥？她吃的是冷香丸。《紅樓夢》把她界定為冷人。

在我的「紅樓四書」中，第三本叫《紅樓人三十種解讀》，這是我在讀書時的一個發現，發現《紅樓夢》裏面有一百多種共名，這是曹雪芹的概念，包括通人、冷人、怯人、鹵人、富貴閒人，還有檻外人等等，一共一百多種，我選了三十種最有代表性的共名來解讀，解讀到薛寶釵的時候，看到了兩個概念。最適合於她的共名，一個是通人，一個是冷人。外頭有兩個說書的到賈府來，看到薛寶釵，說趕緊躲開，她是個冷人，表面上很冷，而且吃冷香丸，可是薛寶釵的悲劇就在這兒，她的內心是熱的，因為內心太熱了，才需要吃冷香丸去調節，也就是說她的悲劇是把自己青春的火焰、生命的火焰、情愛的火焰硬用冷香丸壓下去，這是更深的悲劇。別看林黛玉老流眼淚，這說明她的痛苦在不斷

地宣泄，而薛寶釵沒地方宣泄，硬是用冷香丸把它壓下去，這實際上是更深的悲劇。曹雪芹把兩種不同類型的悲劇都寫出來了，他沒有把薛寶釵寫成封建主義的代言人，不是那麼簡單。論證的時候，如果套用意識形態的語言就會產生很大的問題；用一種概念套上豐富的心靈，就會變成一種假敘述，提出的問題是假問題，不是真問題。

《紅樓夢》的第五個哲學要點是澄明之境。我在《紅樓哲學筆記》中有一篇論述澄明之境。所謂澄明之境，乃是從無明之地進入有明之境，即從黑暗轉向光明，這是佛家的說法。海德格講述澄明之境，其實是講述時間線上的橫向超越，與中國的天人合一相通。《紅樓夢》重新定義鄉境、止境、幻境、詩境等，都追求澄明之境，追求天人合一，追求瞬間的永恒。

《紅樓夢》的「情」和「眞」[1]

一、《紅樓夢》可以用一個「情」字概括。
請問讀者應該以哪個角度去欣賞書中不同的
「情」？

答：「情」字難以概括《紅樓夢》的一切。可以說，「情」可以概說《紅樓夢》的大部，但不能概說《紅樓夢》的全部。

說「情」可以概說《紅樓夢》的大部，是因為《紅樓夢》確實是一部「情」的百科全書，它也確實是中國抒情文學的巔峰。《紅樓夢》包含情的各類，它不僅有戀情（愛情），而且有「親情」，有「友情」，有「世情」。曾有人說，《紅樓夢》是一部愛情小說，不對，它還有親情、友情、世情的精彩呈現。書中把主人公賈寶玉與林黛玉、薛寶釵、晴雯等的戀愛都寫得好，還有賈寶玉與賈母、父親、母親的「親情」也寫得很動人；與秦鐘、柳湘蓮、薛蟠、馮紫英等的友情也寫得精彩，還有與北靜王、賈雨村、甄士隱等的世情也寫得很準確，很合適。《紅樓夢》還寫了悲情、喜情、哀情，以及情慾、情傷、情毒、情竅、情幻等多種奇異之情和同性戀（如賈寶玉與蔣玉菡）、天國之戀（賈寶玉與林黛玉）、寺廟之戀（秦鐘與智能兒）、壯美之戀（如尤三姐殉

1 　原文載於《華文文學》，第三期，二〇一九年，頁一七至一八。為公開大學就講座「白先勇與劉再復對話《紅樓夢》」跟劉再復進行的書面採訪節錄。

情）、淒美之戀等其他小說少見的情感故事。

　　但「情」並非《紅樓夢》的一切。《紅樓夢》還有情之外重要的一切，這就是《紅樓夢》對世界、歷史、人生、人性的認知，《好了歌》就是對世人的一種認知。《紅樓夢》中什麼都有，士、農、僧、商；衣、食、住、行；琴、棋、書、畫；文、史、哲、經。這一切與其說是「情」，還不如說是「識」，是「知識」，是見識，是認知。書中寫薛寶釵是個「通人」，什麼都懂，尤其是畫畫，她擁有豐富的繪畫知識，這是知，不是情。如果硬要我用一個字來概述《紅樓夢》，與其用「情」字，還不如用「心」字。「心」中有情，但也有學、膽、識。後者不可用「情」概說。例如，我說賈寶玉之心靈，無爭、無猜、無恨、無嫉、無懼、無別。這是有品格、精神、思想，不完全是「情」。

二、「假作眞時眞亦假，無爲有處有還無」。我們應該怎樣理解《紅樓夢》裏「眞」與「假」的穿插？

　　答：從純哲學而言，有與無，真與假，實際上是有有無無，真真假假。世上許多事物從這一層面看，是有、是真，從另一個層面看，則是無、是假。所以莊子說：「此亦一是非，彼亦一是非。」這不是無是非觀，而是不同層次具有不同的是非觀。我們所見到的「無」實際上是「潛在的有」。慧能說「本來無一物，何處惹塵埃？」其本來的「無」，也是「潛在之有」。而從純文學上講，文學作品所書寫的「有」，即「實際」，此所謂「非虛構」

作品。而書寫「無」，則所謂「真際」，表面上「假」，但擊中了生活生命的靈魂，又是很真。現實主義文學立足於真，浪漫主義立足於假，但二者皆符合文學的真實原則。機械「反映論」的錯誤在於它只講反映生活「實際」，未講反映生活「真際」。

《紅樓夢》更為特別，因為它是曹家滄桑故事的小說演義，二者關係極為密切。周汝昌先生的《紅樓新證》以空前的認真態度考察了曹家的興衰史，更證實《紅樓夢》是賈寶玉的自敍史，曹雪芹的人格史與魂魄史。《紅樓夢》小說的兩個名字 ── 賈雨村與甄士隱，乃是說整部小說是「假語存」，即屬於虛構。作為《紅樓夢》生活原型的曹家，則有許多「真事隱」（「甄士隱」）。然而，「假作真時真亦假」，小說中的「賈」氏們真真假假，有現實原型，也有藝術虛構，變幻無窮。賈寶玉與甄寶玉，兩個人物長得很像，但形相似，心靈方向則相反，這兩個寶玉的原型可能是兩代人，也可能是一代人。但從靈魂上說，賈寶玉更真實，甄寶玉反而很虛假。

《紅樓夢》中有兩個世界，一個大觀園，那是真世界，實有世界；一個是太虛幻境，那是假世界，虛無世界。但二而為一，二者相通，相互映照，這也是「假作真時真亦假，無為有處有還無」。最後二者都歸於「空」。

《紅樓夢》中有一個重大概念，叫做「夢中人」。賈寶玉是作者的「夢中人」，林黛玉、晴雯、秦可卿等等則是寶玉的「夢中人」。夢中人即非現實世界中人。現實世界中，要是真有賈寶玉、林黛玉這種人就好了，可惜沒有，他們只是想像中人，理想中人，按生活原型而加工出來的人，這也是「無為有處有還無」。

《紅樓夢》有現實世界，有超現實世界；有寫實部分，有夢幻部分；有大寫實，也有大浪漫，虛實並筆，有無同存，相互轉換，比《金瓶梅》那種純粹寫實的作品，高出一籌。

白先勇　劉再復

紅樓夢對話錄

責任編輯　白靜薇
封面設計　高林
裝幀設計　吳丹娜　高林
排版　肖霞
印務　劉漢舉

出版
中華書局（香港）有限公司
香港北角英皇道四九九號北角工業大廈一樓 B
電話：（852）2137 2338
傳真：（852）2713 8202
電子郵件：info@chunghwabook.com.hk
網址：http://www.chunghwabook.com.hk

發行
香港聯合書刊物流有限公司
香港新界荃灣德士古道 220-248 號荃灣工業中心十六樓
電話：（852）2150 2100　傳真：（852）2407 3062
電子郵件：info@suplogistics.com.hk

印刷
美雅印刷製本有限公司
香港觀塘榮業街六號
海濱工業大廈四樓 A 室

版次
2020 年 11 月初版
©2020 中華書局（香港）有限公司

規格
32 開（205mm×145mm）

ISBN
978-988-8676-30-9

白先勇　劉再復　著